Golpe de Muerte

Raúl Garbantes

D1523179

Consultores de publicación y marketing
Lama Jabr y José Higa
Sídney, Australia
www.autopublicamos.com

Suscríbase a nuestra lista de correo para obtener una copia GRATIS de "La Maldición de los Montreal" y mantenerlo informado sobre noticias y futuras publicaciones de Raúl Garbantes. Haga clic AQUI

https://autopublicamos.com/rg-novelagratis-1/

Últimas publicaciones del autor:

Colección Dorada de Misterio y Suspense (10 novelas)

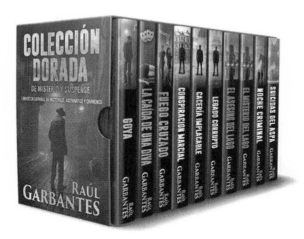

Disponible en Amazon – Adquiérela AQUÍ
http://geni.us/sPctK

Contenido

Prólogo

Todo comenzó en Stowe: un pequeño pueblo de Estados Unidos enclavado en el corazón de Vermont y rodeado de paisajes maravillosos.

Si alguien quisiera describir a Stowe se encontraría en un apuro. Es que el pueblo es tan pintoresco que las palabras no alcanzan para transmitir su encanto.

En cada estación del año el pueblo parece cambiar de atuendo: se viste de blanco en invierno, y de intenso verde en verano. En otoño es ocre y amarillo, y en primavera, multicolor.

Stowe es un pueblo limpio, amigable y rústico. Un sitio donde la naturaleza es la protagonista, pero donde, también, las construcciones son maravillosas.

Salpicadas en medio de los árboles se elevan casas grandes de madera blanca, con porches amplios y llenos de hamacas que invitan al descanso.

En el bosque los caminos serpentean adornados con puentes techados, y los detalles típicos de cuentos de hadas van surgiendo aquí y allá cuando uno se va acercando al pueblo.

Al mirar la cúpula de la iglesia, una aguja blanca y brillante que apunta al cielo, uno no imaginaría la sordidez de un homicidio.

Pero en Stowe, en el centro mismo del paraíso, el asesinato golpeó a sus pobladores como en cualquier otro sitio. Y con la misma potencia.

Desde entonces, nada volvió a ser lo que era.

Capítulo 1

La posada Honeysuckle Bed and Breakfast, una residencia majestuosa de estilo Tudor, pertenecía a Eleanor y Gilbert Travis, que administraban el lugar desde que Eleanor lo heredó de su tío diez años atrás.

Situada en una colina rocosa cerca de Mountain Road, a unas cinco millas de Little River y lo suficientemente cerca del Stowe Country Club y su hermoso campo de golf, hospedaba cada año a decenas de visitantes que llegaban a Stowe para hacer senderismo, esquiar, jugar al golf, viajar en globo o simplemente descansar sin importar la estación.

Todo en esa posada resultaba hogareño y adorable a la vez.

Los días comenzaban con un desayuno casero que era un deleite para el paladar: los *hotcakes* y los *waffles* de la señora Travis eran famosos, siempre acompañados del mejor jarabe de arce de fabricación local; y el café, perfumado y sabroso, un excelente modo de arrancar la mañana.

Todas las habitaciones contaban con chimenea, así que aun en pleno invierno, cuando la nieve caía sin cesar, los huéspedes descansaban abrigados sin preocuparse mucho por lo que ocurría afuera.

La posada contaba con una biblioteca muy surtida y todo en aquel lugar invitaba a la relajación y al ocio.

Eleanor Travis se encargaba de todos los detalles. En la

elección de las sábanas, siempre de hilo egipcio, y en la de los más abrigados edredones de plumas. Se aseguraba de que las toallas se mantuvieran esponjosas e inmaculadas, controlaba que la vajilla brillara, que sobre los muebles no hubiera una mota de polvo y que en la cocina solo se utilizaran los productos más frescos que se pudieran encontrar.

Su nivel de exigencia a veces se topaba con la voluntad de su esposo, Gilbert Travis, que controlaba las finanzas y que, cada tanto, tenía que ponerle coto a los deseos de su esposa.

Pero fuera de eso, la señora Travis se ocupaba de todo. Aunque lo que realmente disfrutaba era ocuparse del jardín.

Eleanor contaba con ayuda, por supuesto, a su edad y con las dimensiones que tenían los jardines de la posada no hubiera podido hacerlo sola. Pero ella insistía en ocuparse de los detalles.

Era ella quien elegía cada planta, cada flor que se cultivaba y quien diseñaba los parterres.

Además, Eleanor se ocupaba personalmente de los rosales y no permitía que nadie los tocara. Solo ella.

Y en eso estaba Eleanor Travis aquella mañana de junio, sentada bajo el sol y protegida por un enorme sombrero de paja, regando las flores y cortando hojitas muertas, rodeada de un silencio que solo interrumpían, cada tanto, los pájaros del jardín, cuando un grito agudo y bastante aterrador la sorprendió.

Eleanor miró hacia todos lados, intentando encontrar a alguien para pedirle ayuda. Porque ella sabía que el grito había provenido de una de las habitaciones del segundo piso y no se atrevía a subir sola. Por otro lado, a su edad, y sobre todo después de haber estado dos horas agachada, no creía poder correr lo suficientemente rápido para asistir a quien fuera que hubiese gritado.

Pero en el jardín no había nadie. Así que dejó las tijeras sobre el césped, con esfuerzo se puso de pie y, caminando lo más rápido que sus piernas entumecidas le permitieron, cruzó el jardín y entró en la casa.

Por allí tampoco había nadie. Las mucamas estaban en su hora de descanso, Gilbert se encontraba en el pueblo y los huéspedes habían salido a pasear por los alrededores. Aunque no todos, evidentemente, porque alguno de ellos fue quien gritó.

Se acercó al mostrador y, después de quitarse los guantes de jardinería y el sombrero de paja, consultó en la computadora de la recepción quién ocupaba la habitación del segundo piso, la de la esquina oeste y cuya ventana miraba al sector del jardín donde ella se hallaba trabajando. Estaba segura de que el grito provino de ese cuarto.

—Doris Gabereau —dijo para sí, intentando recordar si aquella mañana la había visto salir. Y no podía recordarlo.

Estaba segura de que Doris bajó a desayunar, pero no recordaba si había salido.

Lo más probable era que no, porque su llave no estaba en el tablero.

Con cierta dificultad, porque le dolían las rodillas, rodeó el mostrador y subió los dos pisos por la larga escalera de madera.

Eleanor estaba habituada a subir y bajar aquella escalera, pero con el susto que tenía los dos pisos se le hicieron eternos.

Al llegar al segundo piso, con cautela, caminó por el pasillo. Avanzaba despacio, temerosa de lo que podía encontrar y atenta a cualquier sonido extraño.

Pero no oyó nada.

Claro que eso no significaba que Doris no estuviera en peligro: las puertas de madera eran tan gruesas que desde el pasillo, si algo sucediera dentro del cuarto, sería muy difícil oír algo.

Eleanor se detuvo frente a la puerta de la señorita Gabereau, inspiró como para tomar coraje y golpeó.

No obtuvo respuesta, así que golpeó más fuerte. Tanto que le dolieron los nudillos.

—Señorita Gabereau —dijo mientras golpeaba—. ¿Se encuentra bien? ¡Abra, por favor! ¡Señorita Gabereau!

Después de lo que a la señora Travis le pareció una eternidad, la puerta se abrió.

—¿Sí?

Doris Gabereau, con una enorme sonrisa, abrió de par en par.

La señora Travis se sorprendió al ver la expresión en el rostro de su huésped, que no parecía asustada ni sorprendida.

—¿Se encuentra bien, señorita Gabereau? —le preguntó Eleanor después de dudar un momento.

—Perfectamente —respondió Doris, que en ese instante, preocupada por la expresión de la dueña, dejó de sonreír—. ¿Ocurre algo, señora Travis?

La mujer se restregó las manos, sintiéndose un poco tonta por haberse asustado tanto, pero también algo preocupada. La señorita Gabereau había gritado. Eleanor estaba segura de eso y odiaba ignorar por qué.

¿Algo andaría mal en la posada? Si así era, si algo en aquel lugar hizo gritar a su huésped, la señora Travis deseaba saberlo.

En los diez años que llevaba administrando aquel lugar, siempre intentó adelantarse a las necesidades de quienes se hospedaban en la casa, y cada vez que algo había salido mal, procuró resolverlo. Pero no podía resolver lo que desconocía, así que trató de explicarle a Doris lo que ocurría.

—Verá, estaba trabajando abajo, en el jardín —explicó Eleanor sin entrar al cuarto—. Y entonces escuché un grito fuerte. Estoy segura de que el grito salió de este cuarto, entre otras cosas, porque es el único que tiene la ventana abierta.

Doris giró la cabeza y observó en dirección a la ventana: efectivamente, se encontraba abierta.

—Pues yo no he gritado, señora Travis —afirmó Doris—. El grito debe de haber provenido de otro sitio.

—Es extraño —dijo Eleanor estirando el cuello como para ver mejor el interior del cuarto. Nada parecía estar fuera de lugar, y salvo que hubiera alguna persona escondida en el baño o en el armario, la señorita Gabereau estaba sola—. No hay nadie más aquí. Y le repito: todas las demás ventanas se encuentran cerradas, lo he verificado al acercarme a la casa desde el jardín.

—No puedo ayudarla, señora Travis. —Doris levantó los hombros—: Yo no he escuchado nada.

—Probablemente haya sido un pájaro —dijo la mujer no muy convencida, pero buscando una explicación para retirarse con cierta dignidad y no incomodar más a su huésped—. Con los años una se vuelve algo distraída. Lamento haberla molestado.

—No lo ha hecho en absoluto —dijo Doris y sonrió.

Mientras Eleanor se alejaba por el corredor, escuchó cómo la puerta de la señorita Gabereau se cerraba.

—Aquí ocurre algo raro —se dijo la mujer cuando atravesó el pasillo y llegó a la escalera—. Y yo voy a averiguar qué es.

Capítulo 2

Eleanor, en la cocina, comprobaba el menú para la cena.

Como hacía calor, se le ocurrió que sería buena idea servir helado. Conversaba con Emily Cliff, la nueva cocinera de la posada, sobre la posibilidad de hacer un helado de jarabe de arce.

—Hace tiempo que quiero incorporar el helado de jarabe de arce al menú —decía Eleanor—. Pero no he conseguido que nadie lo prepare como a mí me gusta.

—¿Tiene alguna receta, señora Travis? —preguntó la cocinera—. Yo podría buscar alguna, pero si usted tiene una que le guste, podríamos probar esa primero.

—No. Mi paladar recuerda el que preparaba mi madre, pero no me dejó la receta.

—Intentaré algunas opciones y se las daré a probar —sugirió Emily—. Dependiendo de cuál le guste más, seguiremos intentando hasta dar con el sabor que busca. ¿Le parece?

—Perfecto, Emily. Para esta noche, sirvamos una *mousse* de chocolate, que siempre queda bien.

En ese momento Eleanor escuchó el sonido familiar de la camioneta de Gilbert que se acercaba a la posada.

Como cada vez que iba al mercado, Gilbert ingresaba por la entrada de servicio, dejando la camioneta estacionada fuera de la zona por donde normalmente circulaban los huéspedes y que tenía acceso directo a la cocina.

Ella vio a su esposo descender del vehículo y rodearlo, para luego abrir la portezuela de la parte trasera y cargar, casi sin dificultad, un cajón de manzanas que estaban demasiado maduras.

Eleanor sonrió. Gilbert tenía la manía de comprar cosas como aquellas manzanas porque su precio era excelente y con ellas podrían prepararse conservas o jaleas. Incluso algún pastel.

«Ahorrar algunos dólares» era el lema preferido de su esposo.

Emily se acercó a la puerta y la abrió de par en par para dejar entrar a Gilbert, quien tenía las manos ocupadas.

—¡Gracias, Emily! —dijo no bien entró a la cocina—. Eres un encanto.

Luego se acercó a la parte trasera, que funcionaba como bodega, y dejó el cajón en el suelo.

Eleanor se asomó por la ventana, y al ver la cantidad de cajas que Gilbert trajo con él se rio con ganas.

—¡Pero has comprado la mitad del mercado de agricultores, cariño! —exclamó divertida—. ¿Quién te ha ayudado a cargar todo eso?

—Nadie —dijo él y se acercó a besar a su mujer—. Tengo sesenta y dos años, pero más de un muchacho de treinta quisiera tener mi salud y mi estado físico, cariño.

Eleanor sonrió y apoyó una mano sobre el pecho de su esposo.

Lo que Gilbert decía era cierto: su estado físico era excelente. Siempre había practicado deporte, y a esa altura de su vida se podían notar los beneficios de ello.

Ya no jugaba baloncesto como antes, deporte que practicó muchos años por tener la altura adecuada, pero salía a pescar a menudo y todos los días jugaba al golf.

—Es verdad que tienes una salud excelente, pero ya no eres un niño. Deja que busque a alguno de los muchachos para que te ayude a descargar.

—Ya voy yo a buscar ayuda, señora Travis —dijo Emily y abandonó la cocina.

—¿Te sirvo un café, Gilbert? —preguntó Eleanor a su esposo

cuando él tomó asiento junto a la mesa para esperar más cómodo mientras alguno de los jardineros se acercaba a descargar las provisiones.

—¿Sería mucho pedir que además me des unas tortitas? —Gilbert sonrió—. He traído un jarabe de arce de excelente calidad.

—Nada de tortitas para ti. —Eleanor acercó la cafetera a su esposo y sirvió una taza generosa—. En un rato te serviré la cena.

—Ven —dijo él y palmeó la silla vacía que estaba a su lado—. Siéntate conmigo un momento, no te he visto en todo el día.

Eleanor se sirvió una taza de café para ella y se sentó.

—¿Cómo ha estado tu día? —preguntó él una vez que Eleanor se acomodó a su costado.

—Bien... —dijo ella—. Bueno... en realidad...

—¿Ha ocurrido algo, cariño? —le preguntó arqueando una ceja.

—¿Alguna vez has escuchado gritar a la señorita Gabereau?

—¿A la señorita Gabereau? —contestó algo confuso—. ¿A qué te refieres?

—Si la has escuchado gritar cuando está sola en su habitación.

—¿Discutiendo con alguien dices?

—No. Gritar. Un grito agudo que me hizo saltar del susto.

—A ver si te explicas mejor, Eli —pidió él—, porque francamente no comprendo nada.

Entonces Eleanor le contó todo lo que había ocurrido aquella mañana, desde que escuchara el grito en el jardín hasta que la señorita Gabereau cerró la puerta de su cuarto.

Al llegar al final de la historia, Eleanor miró a su esposo con algo de ansiedad, esperando que le diera una respuesta coherente o racional a lo que había ocurrido. Pero él, en cambio, se limitó a sonreír, hasta que finalmente estalló en carcajadas.

—Creo que has leído demasiadas novelas de misterio, Eli —dijo Gilbert y continuó tomando su café.

—Yo, la verdad, no le encuentro la gracia a lo que te he contado —dijo la mujer algo molesta. Luego se puso de pie y dejó su taza en el fregadero—. Iré a revisar el comedor: ya es casi hora de cenar y quiero asegurarme de que todo esté en su sitio.

Eleanor abandonó la cocina y, al quedarse solo, Gilbert se restregó el rostro.

Por la ventana miró hacia afuera, directamente a la camioneta cargada con miles de dólares en provisiones, inspiró y abandonó la cocina.

Estaba cansado de la bendita posada. El trabajo había resultado mucho más pesado de lo que él se imaginó diez años atrás, cuando se decidieron a instalar aquel lugar en la propiedad que su esposa heredó.

El trabajo no faltaba, pero en una casa de aquel tamaño los problemas nunca se hacían de rogar.

Era cierto: no se había cansado al cargar las provisiones y, probablemente, no se cansaría al descargarlas. El problema no era ese.

El problema era que él ya no deseaba estar allí. Deseaba pasar sus días jugando al golf en algún lugar cálido del Caribe, donde todos los días las temperaturas fueran agradables, donde no cayera un copo de nieve y no tuviera que acceder a los caprichos de los huéspedes.

Pero como estaban las cosas, ese sueño debería esperar. Además, su esposa no quería ni escuchar del tema. Y entre una playa paradisíaca y Eleanor, él siempre elegiría a Eleanor: ella era el amor de su vida, y los cuarenta años que habían pasado juntos —a pesar incluso de no haber podido tener hijos— fueron muy felices. Eleanor era todo para Gilbert, y él haría cualquier cosa por complacerla.

Por ejemplo, pasar otro invierno en aquel lugar remoto de Vermont.

Un par de horas más tarde, Eleanor y Gilbert cenaron en el comedor. Todos los huéspedes estaban allí, Doris Gabereau incluida.

Lucía tranquila y feliz.

Los Travis la observaron.

Pero ninguno dijo una palabra más sobre el asunto.

Capítulo 3

Lilian Davis protestaba mientras subía la escalera.

Es que era realmente muy tarde. Tendría que estar limpiando el vestíbulo, pero todavía no había terminado con las habitaciones.

Si se retrasaba más, la señora Travis la regañaría. La dueña de la posada era encantadora, pero extremadamente exigente con los detalles y no le gustaba nada cuando las cosas no salían según lo previsto.

Las habitaciones debían estar listas para las once de la mañana.

Pero aquello casi nunca era posible. Los huéspedes salían tarde a pasear y, cuando eso ocurría, todo el horario de la posada se alteraba.

Aquel día eran las doce, casi hora de almorzar, y la señorita Gabereau aún permanecía en su cuarto.

Lilian tenía órdenes expresas de no molestar a los huéspedes, pero eran las doce y ella debía limpiar. Así que tocaría la puerta de la señorita Gabereau y, amablemente, le pediría que abandonara la habitación unos minutos a fin de hacer el aseo.

Lilian trabajaba en la posada desde el mismo día de su apertura, y había visto y tolerado muchas cosas. Pero ya no tenía ganas de tonterías. Porque además sabía que, si no realizaba el aseo, también la regañarían.

Así que, hiciera lo que hiciera, igual estaría perdida.

Al llegar al segundo piso fue en busca del carrito donde se guardaban las toallas limpias, los jabones y otros artículos de tocador y todos los elementos necesarios para realizar la limpieza, y lo empujó por el corredor hasta llegar a la puerta de Doris Gabereau.

Lilian notó que la puerta estaba entreabierta y pensó que la joven huésped era una desconsiderada; que había salido antes de desayunar sin dejar la llave, y que por eso todos creyeron que aún dormía.

Sin embargo, el hecho de encontrar la puerta entreabierta le molestó. Porque si había algo que Lilian sabía era que los huéspedes siempre cuidaban muy bien sus efectos personales, y que era muy extraño que alguien se hubiera ido dejando la puerta abierta tras de sí.

Así que, con cautela, se acercó y tocó.

—Señorita Gabereau —insistió al no tener respuesta—. Necesito asear el cuarto. ¿Está usted ahí?

Nadie respondió.

Lilian asomó la cabeza a través de la abertura de la puerta, pero no vio a nadie. Así que la abrió de par en par como para que el carrito la atravesara con comodidad, y entró.

Se sorprendió al notar que la cama estaba tendida. Nadie durmió allí durante la noche. Pero después soltó una risita. No había muchos hombres jóvenes en la posada, solo el señor Gilford, pero ella lo vio aquella mañana. Aunque en el pueblo abundaban, y algunos eran muy muy apuestos. Si ella fuera algo más joven…

No era la primera vez, ni sería la última, que los huéspedes no volvían a dormir a sus cuartos. A fin de cuentas, se encontraban de vacaciones. Y en las vacaciones siempre florecía el amor. Y la señorita Gabereau era muy joven, no tendría más de veintiséis o veintisiete años, y muy atractiva.

Se alegró porque asear el cuarto le llevaría menos tiempo del previsto. Se acercó a la cama y estiró apenas el edredón, asegurándose de que quedara perfecto, sin una arruga, y luego se dirigió a las ventanas y corrió las pesadas cortinas para permitir que entrara el sol.

Al final movió su carrito en dirección al baño: lo asearía rápidamente, dejaría los artículos de tocador y estaría libre para ocuparse del vestíbulo y así cumplir con el horario.

La señora Travis no tendría motivos para regañarla esta vez.

Así que sonrió.

Tomó unas toallas del carrito, un jabón, una pequeña botella de champú y una de acondicionador y, sosteniendo todo eso sobre su voluminoso busto, quiso entrar al baño. Pero tropezó con algo y cayó al suelo.

***

Eleanor, nuevamente, se encontraba en el jardín trabajando con los rosales cuando volvió a escuchar un grito proveniente del cuarto de la señorita Gabereau.

Miró en dirección a la ventana. Pero se sorprendió al ver que se encontraba cerrada. Así que se puso de pie y corrió en dirección a la posada. Si con la ventana cerrada el grito se había escuchado, significaba que fue mucho más fuerte que el del día anterior.

Al entrar en la casa vio que Emily se había asomado desde la cocina.

—¿Has oído eso? —preguntó la señora Travis a la cocinera.

—Sí, claro que lo he oído.

—¡Auxilio, señora Travis! —Lilian bajaba la escalera en tromba.

—¿Qué sucede, Lilian? —Eleanor, seguida por Emily, corrió hacia ella.

Al escuchar el escándalo, Gilbert salió de la biblioteca y miró a Lilian esperando una explicación.

—Es la señorita Gabereau —explicó Lilian, que ya había

bajado y que intentaba recuperar el aliento al pie de la escalera—.
Está muerta.

Capítulo 4

Mientras en la cocina Lilian intentaba recuperarse de la impresión con un té de tilo preparado por Emily, Eleanor y Gilbert corrieron escaleras arriba en dirección al cuarto de Doris Gabereau.

—¡No toques nada! —dijo Eleanor un segundo tarde cuando notó que su esposo tomaba el picaporte de la puerta con intención de entrar al dormitorio—. La policía podría querer revisar todo. ¡Podría tratarse de un homicidio, Gilbert!

—Ni siquiera sabemos si está muerta, Eli —le respondió el señor Travis haciendo caso omiso a lo dicho por su esposa e ingresando al dormitorio pese a sus objeciones—. ¿Y si está mal herida pero viva? Sabes tan bien como yo que Lilian es exagerada.

Eleanor asintió y, tratando de guardar la compostura, ingresó al cuarto.

Hallaron enseguida el cuerpo de la muchacha. Había caído justo frente a la puerta del baño. Se encontraba bocabajo, con los brazos extendidos en cruz.

La cabeza había quedado del lado del baño, que tenía el piso blanco. Por eso la impresión fue tan fuerte. Porque el charco de sangre brillaba sobre el blanco frío de las baldosas.

Eleanor se tapó la boca con ambas manos y ahogó un grito.

Gilbert, por su parte, se arrodilló junto al cuerpo y colocó dos dedos sobre el cuello, intentando buscar el pulso en la muchacha tal como había visto en las películas.

—Creo que está muerta —dijo sin levantarse, mirando hacia arriba, a su esposa.

—No me digas... —dijo Eleanor, que no pudo contener el sarcasmo.

—Mira —dijo Gilbert señalando la cabeza de Doris, pero sin tocarla—. Alguien le ha dado un buen golpe. Y se desangró antes de morir.

Eleanor no quiso mirar y se alejó del cadáver.

Gilbert se puso de pie y se acercó a su mujer.

—¿Te encuentras bien? —le preguntó abrazándola.

—Esto traerá una pésima publicidad a la posada, Gilbert.

—Eso no es lo importante ahora, ¿no crees?

—No, claro —dijo ella algo avergonzada—. Por supuesto que no. ¿Qué hacemos ahora?

—Llamar a la policía, supongo.

Eleanor asintió.

—Pero llamaremos desde abajo —dijo él—. No quiero estar ni un minuto más aquí.

***

Gilbert, Eleanor, Emily y Lilian se encontraban reunidos en la cocina a punto de llamar a la policía.

Se demoraron unos minutos para poder organizar las cosas.

Eleanor, sentada a la mesa junto con Emily y Lilian, consideraba que no era prudente que el resto de los huéspedes notara que la policía llegaba a la posada. Eventualmente se enterarían de que había ocurrido un asesinato, por supuesto, pero deseaba evitarles a todos la impresión que podría dejar en ellos una escena del crimen.

—No hay nada que podamos hacer al respecto, Eli —había dicho Gilbert, que estaba de pie junto al teléfono—. La policía vendrá y colocará esas cintas amarillas por todos lados. ¿Cómo podremos organizar las cosas para que los huéspedes no noten semejante despliegue?

Eleanor se abrazaba a sí misma con evidente preocupación.

Sentía pena por la señorita Doris, por supuesto, pero lo que a ella realmente la preocupaba era su posada. ¿Cómo podía afectar al negocio un homicidio? Se sintió algo culpable por descubrir que le importaba más su negocio que la vida de su huésped, pero no mucho: a fin de cuentas, no conocía de nada a Doris Gabereau.

—Además no sería prudente que crean que escondemos algo —dijo Lilian, que ya había recuperado el color en las mejillas.

—¿Qué quieres decir? —Eleanor se puso en alerta.

—Hubo un homicidio aquí, ¿o no? —se explicó la mucama—. Pues bien, alguien mató a la señorita Doris. Y no he visto vagabundos por aquí, señora Travis.

—¿Tú crees que nos investigarán a nosotros, Gilbert? —preguntó Eleanor mirando aterrada a su esposo.

—Es posible, sí —dijo él—. Por eso es que deberíamos llamarlos ya. Y no demorar más el asunto.

Gilbert se acercó al teléfono y se dispuso a marcar. Pero en ese preciso momento, Clifton Gilford, uno de los huéspedes, golpeó la puerta y luego, sin que nadie lo invitara a pasar, entró en la cocina buscando al dueño de la posada.

—¿Puedo hablar con usted? —dijo Gilford dirigiéndose al señor Travis, que intentaba comunicarse con el 911, y manteniéndose de pie junto a la puerta.

—¿Tiene que ser ahora? —preguntó Gilbert con cierto fastidio.

Clifton asintió.

El señor Travis miró a su esposa y, finalmente, cortó la comunicación.

—¿Qué sucede? —preguntó Gilbert—. ¿Qué desea con tanta urgencia que no puede esperar?

—Quiero ayudar —dijo Clifton algo ansioso.

—¿Ayudar? —preguntó la señora Travis—. No sé a qué se refiere.

La señora Travis tuvo que hacer un esfuerzo para no gritar cuando el señor Gilford ofreció su ayuda. Es que ella sabía todo sobre sus huéspedes. Y sabía que Gilford era periodista y que trabajaba para algún periódico en Nueva York.

Si había alguien que no debía enterarse del asunto era, justamente, Clifton Gilford. Pero era obvio que ya sabía del homicidio. Porque no era muy probable que ofreciera su ayuda para pelar papas. ¿No?

De todos modos, y a pesar de estar segura de que Clifton ya sabía sobre el homicidio, decidió guardar silencio y esperar a que él se explicase mejor. No fuera cosa que se estuviera apresurando en sus conclusiones.

—He visto el cuerpo de Doris, señora Travis —dijo él.

—¿Pero cómo? —preguntó Gilbert, a quien evidentemente le sorprendió la noticia.

—¿Ha visto el cuerpo? —Eleanor no comprendía—. Lilian lo encontró y bajó inmediatamente a avisarnos. Mi esposo y yo subimos y cerramos la puerta al dejar la habitación. Y eso ocurrió hace diez minutos a lo sumo. ¿Usted ingresó al cuarto de la señorita Gabereau sin permiso?

Lilian abrió mucho los ojos y se tapó la boca.

—Él no es el asesino, Lilian —dijo Emily y dio un codazo a su compañera.

—¿Cómo lo sabes? —respondió la mucama.

—Porque el señor es un caballero —afirmó Emily como si eso absolviera a Clifton de toda sospecha—. ¿Acaso no lo ves?

—¡Basta ya! —dijo el señor Travis asqueado de las estupideces que decían sus empleadas—. Llamaré a la policía ahora mismo. Luego hablamos.

Clifton estuvo de acuerdo con el dueño de la posada. Les

explicaría todo después.

Pero Eleanor no aceptó la situación con la misma calma.

—¿En qué momento vio el cuerpo, señor Gilford?

—¿Puedo sentarme?

La señora Travis asintió y, con un gesto, invitó a Clifton para que se sentara a su lado.

—Estaba en mi cuarto, a eso de las doce, cuando escuché que alguien gritaba —dijo y miró a Lilian—. Al asomarme a la puerta, vi a la mucama salir corriendo del cuarto de Doris.

—¿De Doris? —dijo el señor Travis, quien ya había cortado la comunicación—. ¿Usted conocía a la señorita Gabereau?

—Algo, sí.

—¿Qué te han dicho, cariño? —le preguntó Eleanor a su esposo, desviando por un momento su atención del relato de Clifton.

—En unos minutos estarán aquí —le dijo él mirándola. Pero de inmediato volvió a concentrarse en Gilford—. Continúe, por favor. Decía que vio salir corriendo a Lilian.

—Así es —continuó el reportero—. Apenas la señora se precipitó por la escalera, corrí al cuarto de Doris. La puerta estaba abierta, y entré. Entonces la vi ahí tirada, con la cabeza abierta de un golpe, y abandoné el cuarto cerrando la puerta al salir.

—¿Y por qué no bajó antes? —preguntó Eleanor—. ¿Por qué, en todo caso, no esperó afuera de la habitación o pidió ayuda?

—Porque me asusté. Además, ya le he dicho que yo conocía a Doris de antes. Y creo que por eso la impresión fue mayor.

—¿Y a qué se refiere con que quiere ayudar? —preguntó el señor Travis algo molesto. La presencia del muchacho lo incomodaba, pero no quería demostrarlo—. Este, fundamentalmente, es un asunto policial. No sé en qué podría ayudar usted. A lo sumo, ser un buen testigo, pero nada más.

—Soy reportero, señor Travis —dijo Clifton como si eso lo

explicara todo.

—Y yo posadero. E ingeniero jubilado. Pero creo que lo que se necesita aquí es un policía. Yo le sugeriría, si me lo permite, que vuelva a su cuarto y que espere a que la policía lo llame. No creo que ni usted ni yo podamos hacer mucho más que esperar a que ellos investiguen. ¿No cree?

Clifton lo pensó un momento y luego asintió.

—Creo que tiene razón, señor Travis —dijo al fin y se levantó—. Esperaré en mi cuarto.

Dicho esto, salió de la cocina.

Los señores Travis, Lilian y Emily se miraron. La situación había sido extraña.

Eleanor, como siempre, terminó haciéndose cargo de la situación.

—Emily —ordenó—: prepara café y emparedados. Organizaremos una excursión para sacar a los huéspedes de la posada mientras la policía esté aquí.

Emily asintió y se dispuso a preparar las cosas.

—Lilian —continuó la señora Travis—: ve al pueblo en la camioneta y habla con George o con alguno de los muchachos de la agencia de turismo. Diles que necesitamos que vengan con un par de vehículos y que organicen una visita al mercado de agricultores o adonde se les ocurra. Nosotros correremos con los gastos.

Lilian, milagrosamente, no se opuso al plan y, rauda, salió a cumplir con lo que le solicitaron.

Los Travis se quedaron tomando el café que, amablemente, les sirvió Emily hasta que escucharon las sirenas de las patrullas y se acercaron a la puerta para recibirlos.

Capítulo 5

A pesar de estar en pleno junio y de que el día era soleado, Eleanor Travis sintió frío cuando las patrullas se detuvieron en el camino de entrada.

Se abrazó a sí misma y, muy angustiada, aguardó a que los oficiales se acercaran a la puerta.

En ese momento vio que detrás de las patrullas venía una motocicleta. Eso le dio cierto alivio. Ella conocía al motociclista, y si Lloyd Hartfield se ocupaba del caso, las cosas tal vez no salieran tan mal.

El señor Travis bajó los escalones que separaban el porche del camino de entrada y se acercó a Lloyd, quien había dejado el casco sobre la motocicleta y avanzaba, dando grandes zancadas, en dirección a él.

—Gilbert —dijo Hartfield y extendió la mano para saludar al señor Travis—. ¿Qué ocurrió?

—Encontramos a una de nuestras huéspedes muerta en su cuarto —dijo el dueño de la posada sin rodeos.

—¿Muerta cómo?

—Creemos que la asesinaron: tiene un golpe en la parte trasera de la cabeza.

—Bien —dijo él y subió los escalones seguido por Travis. Se detuvo un momento junto a la puerta para saludar a Eleanor.

—Sígueme —dijo ella sin perder el tiempo en cortesías: no era el momento.

Eleanor entró a la posada seguida por el inspector Hartfield y su esposo. Subieron juntos la escalera y avanzaron por el corredor hasta el cuarto de Doris Gabereau sin pronunciar palabra. Al llegar, el inspector Hartfield les pidió que esperaran afuera e ingresó solo a la habitación.

Apenas entró, lo sorprendió ver a un hombre arrodillado junto al cuerpo. El inspector, en alerta, puso la mano sobre su arma y avanzó despacio.

—No haga ninguna tontería —dijo y apuntó al hombre, que se dio vuelta en un segundo—. Levántese y, despacio, aléjese del cuerpo.

El hombre se puso de pie y levantó los brazos para mostrarle al policía que estaba desarmado. Inmediatamente hizo lo que Hartfield le ordenaba.

—¿Quién es usted y qué está haciendo aquí, en la escena del crimen? —preguntó Lloyd sin dejar de apuntar.

—Mi nombre es Clifton Gilford. Soy huésped del hotel y…

—No diga una palabra más y acompáñeme.

Hartfield tomó a Clifton del brazo y lo sacó del cuarto para enfrentarlo con los Travis, que esperaban afuera.

—¿Conocen a este hombre? —les preguntó no bien salieron al corredor.

—¡Pero, señor Gilford! —exclamó Eleanor al verlo —. ¿Qué hacía usted ahí dentro?

—Les expliqué que quería ayudar —dijo Clifton como si eso explicara su presencia en el cuarto—. Y no me hicieron caso. Así que hice lo que me pareció mejor.

—¡Pero este asunto no es de su incumbencia, señor Gilford! —Gilbert Travis sonaba indignado—. Esto debe investigarlo la policía. Y en eso quedamos antes. ¿No es así?

—Silencio todos. —Hartfield no podía creer lo que escuchaba.

¿Se habían puesto de acuerdo entre ellos antes de llamar a la policía?—. Señor…

—Gilford —dijo el reportero al notar que el inspector se refería a él—. Pero puede llamarme Clifton.

—Señor Gilford —continuó Lloyd, que jamás tuteaba a un sospechoso—. Vamos por partes. Y antes de que me explique qué rayos hacía arrodillado junto a la víctima, dígame por qué cree que puede ayudar.

En ese momento dos oficiales uniformados se acercaron a la habitación. Hartfield les dio indicaciones para que acordonaran la escena del crimen, con instrucciones precisas acerca de quién podía ingresar y quién no.

—Hasta que lleguen los analistas forenses y el fotógrafo, aquí no entra nadie más.

Los uniformados asintieron, y mientras uno se quedó de guardia en la puerta, el otro entró al cuarto a fin de comenzar a procesar la escena.

—¿Hay algún lugar donde podamos conversar con más tranquilidad? —preguntó Hartfield a Gilbert Travis.

—En la biblioteca —dijo el propietario de la posada—. Vengan por aquí.

Clifton, Eleanor y el inspector Hartfield, en silencio, siguieron al señor Travis hasta la biblioteca.

Al llegar, Hartfield pidió a los Travis si podían esperar afuera. Quería conversar a solas con Clifton. Luego hablaría con ellos.

Una vez estuvieron a solas, ambos hombres se sentaron frente a frente.

—Lo escucho —dijo Hartfield—. Explíqueme por qué cree que puede ayudar.

—Porque yo conocía a Doris —dijo—. Y sé por qué estaba aquí.

Clifton le explicó a Hartfield que, tiempo atrás, Doris y él se conocieron por casualidad en Nueva York. Él laboraba en un periódico y ella había ido a una entrevista de trabajo. Era diseñadora gráfica. Doris no consiguió el puesto, pero se mantuvieron en contacto y salieron algunas veces.

A él, realmente, le gustaba Doris. Pero ella no lograba comprometerse con la relación.

—¿Por qué? —preguntó Hartfield.

—Doris era divorciada —dijo Clifton—. Y el exmarido, un bastardo. Doris decía que él la acechaba. Tenía miedo y por eso nunca funcionó nuestra relación. Hicimos este viaje para darnos una oportunidad. Lejos de Nueva York, Doris tal vez lograría relajarse. Pero tomó sus precauciones, y por eso teníamos habitaciones separadas.

—¿Usted insinúa, señor Gilford, que el exmarido es un sospechoso?

—Yo no insinúo nada, inspector. Solo le digo lo que sé. Soy reportero, y me atengo a los hechos.

—No se le ve muy conmovido por la muerte de su novia, la verdad.

—Usted no sabe cómo me siento, inspector —dijo Clifton bastante molesto—. Si estaba en la habitación de Doris fue justamente para acompañarla. Para no dejarla sola. ¿Qué pretende? ¿Que ande llorando por los rincones para demostrarle cuánto me ha afectado todo esto?

—No he dicho eso, señor Gilford. Pero toda su actitud me resulta extraña. Eso es todo.

—Mire, soy reportero, estoy habituado a cubrir crímenes. Conozco a la víctima y también soy un huésped aquí. Si cree que puedo ser útil, estaré a su disposición. Y eso es todo lo que tengo para decir.

—No, usted tiene mucho más para decir, señor Gilford —dijo Hartfield y se puso de pie—. Y ya me lo dirá a su tiempo. Por ahora, no tengo nada más que hablar con usted. Debo volver al cuarto de la señorita Gabereau y organizar las cosas.

Clifton se puso de pie para abandonar la escena.

—Una cosa más, señor Gilford —dijo Hartfield—. Vuelva a su habitación y no se mueva de allí hasta que se lo diga. Si vuelvo a verlo cerca del cuerpo de la señorita Gabereau lo arrestaré. ¿He sido claro?

Clifton asintió y salió del cuarto.

Después Hartfield tomó su móvil y marcó un número.

—Nettle —respondió un hombre después de un par de tonos de llamada.

—John —dijo Hartfield—, soy Lloyd. Necesito que vengas a la posada de los Travis. Tenemos un homicidio y una cantidad importante de testigos para entrevistar. No puedo hacerlo solo. ¿Puedes venir?

—Claro, estaré ahí en una hora más o menos. ¿De acuerdo?

—Perfecto.

Lloyd Hartfield cortó la llamada, respiró hondo y se dispuso a resolver el homicidio.

Capítulo 6

Cuando Lloyd volvió al cuarto de la señorita Gabereau, el médico forense ya estaba allí.

A pesar de que el hombre se encontraba arrodillado junto al cuerpo y de espaldas al inspector, él no tuvo dificultad para reconocer a Wilbert Daniels: el anciano médico forense que nunca se retiraría y que conocía el trabajo como nadie.

Lloyd no interviene y deja que el viejo doctor Daniels examine el cadáver sin interrumpirlo. Hartfield había trabajado con Daniels lo suficiente como para saber que hasta no terminar el examen ocular, el médico no respondería ninguna pregunta. Así que interrumpirlo era inútil y solo demoraría las cosas.

Entonces Lloyd, tranquilamente, se acercó a la ventana para observar el jardín y hacerse una idea del escenario del crimen.

Si bien él conocía la posada a la perfección —de hecho, se había hospedado allí un par de veces con Gwyneth, su esposa, para pasar unas románticas minivacaciones cerca de casa, por si los niños causaban problemas—, nunca había estado en aquella habitación. Así que esperaba ver qué se veía desde allí y los posibles accesos al dormitorio. Por tratarse de un segundo piso, no serían muchos, pero de todos modos necesitaba cerciorarse.

Al fin el doctor Daniels terminó su examen. Se puso de pie y se acercó a Hartfield. El inspector le hizo una seña para acercarse al cuerpo.

—La mataron entre las diez y las doce de la noche de ayer —dijo el médico—. Lleva muerta entre dieciséis y veinte horas.

—¿Y la causa de la muerte?

—La víctima tiene un fuerte golpe en la cabeza, como ya habrás notado —respondió Daniels y Lloyd asintió—. No tengo dudas de que ese traumatismo es la causa de muerte. No fue rápida, si quiere saberlo.

—¿Sabe con qué pudieron causarlo?

—No lo sé con certeza —dijo Daniels negando con la cabeza—. Pero creo que la golpearon con un palo de golf. Mire. —Daniels señaló la herida—. ¿Ve esa marca sobre la piel y alrededor de la herida?

Lloyd asintió.

—A juzgar por la huella en forma de rejilla que dejó sobre el cráneo, estoy casi seguro de que un palo de golf fue el arma homicida. Tengo que confirmarlo con la autopsia, por supuesto, pero me atrevo a aventurar que con eso la mataron.

—¿Con un palo de golf?

—No es muy original, la verdad —dijo el médico—. Todos en Stowe jugamos al golf, inspector. Todos tenemos palos. Incluso los turistas.

Lloyd asintió apesadumbrado. Daniels tenía razón.

—Menudo trabajo le espera, muchacho —dijo el médico y palmeó el hombro del inspector.

***

Estaban retirando el cuerpo cuando John Nettle ingresó en el cuarto y se acercó a Hartfield.

—¿Qué tenemos? —preguntó el sargento.

—La víctima se llama Doris Gabereau —dijo Hartfield—. Veintisiete años. Atractiva. Diseñadora gráfica. Divorciada. Fue encontrada por la mucama. La asesinaron anoche, entre las diez y las doce. La causa de muerte es, probablemente, un golpe en la cabeza. El arma homicida puede ser un palo de golf.

—¿Por dónde quieres que empiece?

—Por la mucama. Habla con ella y luego iremos viendo.

—Muy bien. ¿Sabes dónde la encuentro?

—He hablado con Eleanor Travis para que reúna al personal en la cocina. Ella ha dispuesto la biblioteca para realizar las entrevistas. Así que busca a Eleanor y pídele lo que necesites. Y cualquier cosa, yo estaré conversando con Clifton Gilford.

—¿Con quién?

—Con el amante de la víctima.

—¿Está aquí?

—En otro cuarto.

—Esto parece una novela de Agatha Christie, colega.

—Ni que lo digas. Pero el problema, amigo mío, es que yo no me llamo Hércules Poirot.

Capítulo 7

—¿Está segura, señora Davis, de que en la habitación solo estaba la víctima? —insistió John Nettle.

—Muy segura, sargento. —Lilian tenía el rostro pálido. Encontrar el cadáver de Doris Gabereau había sido un golpe fuerte para la mucama y aún no se recuperaba de la impresión—. Era realmente tarde cuando entré al cuarto para hacer el aseo. Yo estaba muy molesta porque, como la señorita Doris no había bajado a desayunar, no pude asear su cuarto temprano y eso me alteró el horario. Así que cuando casi eran las doce llamé varias veces y nadie respondió. Cuando entré, la habitación estaba limpia. La cama hecha. Y no había nadie allí. Bueno, sí. Estaba la señorita Gabereau. Pobre mujer.

—¿A qué hora se sirve la cena?

—A partir de las siete y hasta las diez.

—¿Usted sabe si la víctima bajó a cenar anoche?

—No lo sé, sargento, yo no estoy aquí en las noches.

—Eso es todo por ahora, Lilian —dijo Nettle y Lilian se puso de pie como para salir—. ¿Podría avisarle a la señora Travis que la espero?

—Claro.

Lilian abandonó la biblioteca y cerró la puerta tras de sí.

Mientras esperaba a Eleanor, John observó el lugar. Era

realmente hermoso: paneles de madera oscura forraban las paredes y le daban un marco imponente a los numerosos libros que había en la estancia.

En un rincón vio varias bolsas con palos de golf. Se preguntó si faltaría alguno.

En ese momento, Eleanor abrió la puerta.

—Me dijo Lilian que usted quería hablar conmigo, sargento.

—Sí, Eleanor. Pasa, y no me digas «sargento», por favor, que me conoces de niño.

—Muy bien, John —dijo Eleanor y sonrió mientras se sentaba frente a Nettle—. Dime qué necesitas.

—¿Qué pasó aquí?

—No lo sé.

—Cuéntame lo que sepas.

—Ayer ocurrió algo extraño con Doris.

—¿Extraño cómo?

Eleanor le contó a John Nettle todo lo referente al grito de Doris.

—¿Y dices que estaba sola? —preguntó John cuando Eleanor le dijo que la señorita Gabereau se había hecho la tonta cuando ella se acercó a su cuarto.

—Eso creo, pero no lo sé realmente. Como te he dicho, ella no me dejó entrar.

—¿Lucía normal?

—Sí, parecía muy feliz, realmente.

—¿Doris bajó a cenar, Eleanor?

—Sí, cenó en el mismo horario en que lo hicimos Gilbert y yo.

—¿Notaste algo raro?

—En absoluto. Doris parecía tranquila y feliz. Claro que Gilbert y yo nos retiramos del comedor antes que ella. Nada me hizo pensar que esto podía ocurrir. Pero a la luz de los acontecimientos de hoy, no dejo de pensar en el grito que escuché, John. Estoy segura de que tiene que ver en el asunto.

—Puede que sí o puede que no. Tal vez Doris se asustó al ver un insecto, o se tropezó o…

—¿Y por qué no me lo dijo? Cuando subí a su cuarto y toqué la puerta, demoró en abrir. Si hubiera ocurrido lo que dices, ella me lo habría explicado. ¿No crees?

—Es posible. Pero no lo sabemos. Trataré de investigar el asunto, pero si solo tú la escuchaste, no se me ocurre cómo. Le comunicaré esto a Hartfield a ver qué opina él.

—Bueno. ¿Hemos terminado aquí, John? —preguntó Eleanor—. Tengo un sinfín de asuntos que atender.

—Por ahora hemos terminado —dijo Nettle—. ¿Podrías pedirle a Gilbert que venga?

—Claro. —Eleanor se puso de pie y se dirigió a la puerta—. Y te mandaré una taza de café. Creo que te espera un largo día.

Capítulo 8

El inspector Hartfield se aseguró de que la escena del crimen quedara protegida dejando a dos de sus hombres de guardia junto a la puerta, con la orden expresa de que nadie, salvo los miembros del cuerpo de Policía, entrara al cuarto que ocupó Doris Gabereau.

Entonces se acercó a la habitación de Clifton Gilford. El inspector todavía tenía dudas sobre lo que Gilford le había dicho acerca del exesposo de la víctima.

Era muy conveniente que existiera un esposo despechado y violento. Eso daba un motivo para el homicidio. Y si había un motivo, había un sospechoso.

Por otra parte, al inspector le resultaba extraño el comportamiento del reportero. Si llegaron a la posada a pasar un fin de semana romántico, ¿por qué Doris había estado sola la noche de su muerte? ¿Dónde estuvo Gilford? ¿Por qué no pasaron la noche juntos?

Haberlo encontrado con el cuerpo no ayudaba. ¿Gilford estuvo destruyendo pruebas? ¿Había ido a buscar algo?

Debía profundizar su conversación con el periodista de inmediato.

Mientras el inspector caminaba por el corredor en dirección al cuarto de Gilford se cruzó con Gilbert Travis.

—Ya se han llevado el cuerpo, Gilbert —informó el

inspector—. Trataremos de no causar molestias por aquí. Pero no podrás disponer del cuarto donde Doris Gabereau fue asesinada hasta que terminemos de procesar la escena.

—¿Y eso cuándo será?

—No lo sé.

Travis asintió.

—¿Has hablado ya con John Nettle?

—Voy a encontrarme con él ahora mismo —explicó Gilbert—. Estaba reparando un lavabo en uno de los cuartos, Eleanor me acaba de avisar que John me espera en la biblioteca. Así que allá voy.

—¿Por qué no llamas a un plomero para eso?

—Porque no me gusta que me roben.

Hartfield sonrió: entendía perfectamente a Travis. Los plomeros de la ciudad eran buenos, pero cuando llegaba el momento de cobrar, no tenían piedad.

—Antes de que vayas quiero preguntarte algo acerca de Gilford —dijo Hartfield—. Cuando nos reunimos más temprano, tuve la sensación de que ustedes se habían puesto de acuerdo en algo.

—Se ofreció a ayudar.

—Me lo dijo, sí.

—No, antes —afirmó el señor Travis—. Cuando yo estaba a punto de llamar a la policía, Gilford irrumpió en la cocina diciendo que quería ayudar. Eso llamó mi atención sobre todo porque ningún huésped sabía, hasta ese momento, de la muerte de la señorita Gabereau.

—¿Y cómo se enteró Gilford?

—Dice que escuchó el grito de la mucama y que, cuando la vio salir corriendo del cuarto de Doris, él se acercó a ver qué ocurría. Y que la encontró muerta.

—¿Quieres decir que estuvo a solas con el cuerpo dos veces?

—Dos veces que sepamos, sí.

—¿Qué quieres decir con eso?

—Nada. Lo que he dicho. Pero dime, Lloyd, ¿el comportamiento del reportero no te resulta extraño?

—¿A qué te refieres? —A Lloyd Hartfield le resultaba muy extraño sobre todo por la relación que Gilford tenía con la víctima. Pero Gilbert no conocía esa relación. ¿O sí? Y si no la conocía, ¿por qué le resultaba raro el comportamiento del reportero?

—Cuando Gilford se apareció en la cocina, en el momento en que intentábamos llamar al 911, él estaba demasiado tranquilo. ¡Había encontrado un cadáver, por Dios santo! Y estaba como si nada. Como si lo que hubiera encontrado tirado en la habitación de la señorita Gabereau hubiera sido un zapato o un calcetín. Ni rastro de sorpresa o emoción. Y me dio la sensación de que intentaba demorar la llamada. Pero eso es una sensación mía. Él no me dijo que no los llamara. Ni hizo nada para impedirlo. Luego ofreció ayuda. Y no sé por qué me la ofreció a mí. ¿Qué puedo hacer yo, Lloyd?

—Sí, comprendo a qué te refieres —dijo Hartfield. Lo que Travis le dijo reforzaba lo que pensaba sobre Gilford—. No te retengo más. Ve a hablar con Nettle. Yo iré a reunirme con el reportero. En cuanto termine me reuniré con Eleanor y contigo para organizar algunas cosas.

Travis asintió y se alejó por el corredor en dirección a la escalera mientras Hartfield tocaba la puerta del reportero.

—Inspector —dijo Clifton apenas abrió la puerta. Se veía despeinado y algo ojeroso—. Pase.

—Gracias —respondió Hartfield. Y entró.

Durante unos segundos se dedicó a observar el cuarto. Era exactamente igual al de Doris.

Clifton se sentó en el borde de la cama y Hartfield acercó una silla para poder conversar frente a frente con el periodista.

—Cuénteme de su relación con la víctima, señor Gilford —empezó el inspector—. Desde el principio.

—No hay mucho para contar —dijo Clifton y se revolvió el pelo con una mano. Parecía algo nervioso—. Nos conocimos en el periódico, como ya le dije. Salimos algunas veces. Vinimos aquí para intentar que la relación funcione··· No hay más que eso.

—¿Cuánto hace que se conocieron, señor Gilford?

—Un año, poco más o menos.

—Cuénteme sobre el esposo de Doris.

—Exesposo.

—Bien. Cuénteme sobre él.

—No sé mucho sobre él. Yo no lo conocí. Lo único que puedo decirle es lo que Doris me contaba.

—Bien.

El inspector no decía ni una palabra de más. Ni tampoco hacía nada. Era una técnica que utilizaba en los interrogatorios. La misma que utilizaban muchos reporteros y muchos terapeutas. Al no hablar mucho ni desviar la conversación a otras cuestiones, las personas terminaban por hablar. Normalmente las personas se sienten incómodas cuando se genera silencio entre desconocidos, y entonces, hablan. A veces cosas intrascendentes, pero a veces soltaban valiosas piezas de información. Y eso es lo que Hartfield estaba intentando hacer con Clifton. Claro que no sería sencillo. Sobre todo porque este, como reportero que era, estaría muy familiarizado con la técnica.

—Su nombre es William Gabereau.

—¿Ella conservó su apellido?

—Eso parece, ¿no? —Clifton sonrió con cierta amargura.

—Eso parece. Continúe.

—Gabereau vive en Nueva York, aunque no podría decirle dónde. Lo que puedo darle es el teléfono de la hermana de Doris. Supongo que lo necesitará para avisar a la familia. Y tal vez ella pueda darle información sobre el exesposo. Información que yo no tengo.

—Ya tengo los datos de la hermana de la víctima. Despreocúpese, señor Gilford, que de mi trabajo me ocupo yo. Usted, por favor, responda a mis preguntas.

—¿Y no estoy haciendo eso, acaso?

—¿Hace cuánto la víctima estaba divorciada de su esposo? —Hartfield notó que su entrevistado se estaba poniendo nervioso, y eso le gustó.

—No lo sé con exactitud. Un año, creo.

—¿Lo cree o lo sabe?

—Lo sé. Hace un año aproximadamente.

Hartfield pensó que ese era un dato interesante. ¿Sería Clifton Gilford, acaso, la causa del divorcio de los Gabereau? Debería investigar ese asunto con más profundidad.

—¿Y qué puede decirme de la víctima?

Clifton sonrió. Se le iluminó el rostro.

El cambio en las emociones del reportero era notable. A Hartfield le había chocado la indiferencia del hombre frente a la muerte violenta de su novia. O su amante. El inspector no sabía cómo catalogar la relación.

Sin embargo, Clifton ya no se mostraba tan indiferente. Las ojeras, la palidez que se notaba ahora en su rostro denotaba preocupación.

El problema era que Hartfield no estaba seguro si todo aquello era genuino o una puesta en escena.

—Doris era hermosa. Divertida. Libre. Le encantaba viajar. ¿Sabe? Doris siempre me contaba que justamente eso fue lo que la separó de su esposo. Ella me contaba que con él se sentía atrapada. Enjaulada. A William no le gustaba el estilo de vida que Doris pretendía. Nunca entendí por qué se casó con él.

—Para haber salido con ella muy pocas veces —dijo el inspector—, parece conocerla bastante, ¿no?

—Me gusta conversar con la gente, inspector. Y soy bueno escuchando.

El inspector se quedó unos segundos en silencio. Como intentando descifrar al hombre.

—Muy bien, señor Gilford —dijo al fin el detective y se puso de pie, como para retirarse.

Clifton se levantó como para acompañar al inspector.

—No. No se moleste —indicó con un gesto mientras se acercaba a la puerta.

—Estaré aquí esta noche —dijo Gilford—. Pero si no hay inconveniente, me gustaría regresar a Nueva York mañana en la mañana.

—No puedo retenerlo aquí, señor Gilford, si no lo he acusado.

Clifton asintió.

—Una cosa más —dijo el inspector mientras sostenía el picaporte de la puerta, listo para salir—. ¿Juega usted al golf?

—Sí. A menudo.

—¿Podría ver sus palos?

—Me temo que no. Es que no los guardo aquí. Están en el *club house*, en el campo de golf.

—Qué lástima —dijo Hartfield—. ¿Doris jugaba al golf?

—No que yo sepa.

—Gracias, señor Gilford —dijo Hartfield. Y luego abandonó el cuarto.

Clifton se quedó solo, hundido en la cama. Se restregó la frente.

Y comenzó a llorar.

Capítulo 9

Gilbert Travis tocó la puerta de la biblioteca y entró.

El sargento Nettle estaba sentado y leyendo algunas notas de una libreta. Levantó la cabeza y saludó al señor Travis.

—Hola, Gilbert —dijo Nettle. En Stowe todos se conocían—. Siéntate un momento, tengo que hacerte algunas preguntas.

—Sí, ya me dijo Eleanor —respondió el señor Travis y tomó asiento en donde Nettle le indicaba. Era extraño sentirse un huésped en su propia casa—. Dime en qué puedo ayudarte.

—Cuéntame todo desde el momento en que escuchaste gritar a la mucama.

Gilbert le relató la historia con lujo de detalles. Incluso le manifestó al sargento que había tocado el picaporte para poder entrar a la habitación.

—Eli me regañó —dijo encogiendo los hombros—. Pero había que entrar, ¿no?

—Había que entrar, sí —dijo Nettle.

—Eleanor me contó que ayer escuchó gritar a la señorita Gabereau —afirmó Nettle revisando sus notas—. ¿Tú qué sabes del asunto?

—Nada. Yo no estaba aquí —dijo Travis—. Había ido al mercado. Cuando regresé Eleanor me contó lo ocurrido.

—¿Eleanor estaba nerviosa?

—Más que nerviosa, creo que estaba desconcertada porque la señorita Gabereau se mostró como si nada hubiera ocurrido.

—¿La viste luego?

—A la hora de la cena. Parecía tranquila. Eleanor y yo nos retiramos a dormir, pero antes Eleanor la miró un momento. Doris la miró y le sonrió. No noté nada extraño, John. Al menos no en ese momento.

—¿Qué quieres decir? —Nettle levantó la vista de sus notas, sorprendido por el comentario de Travis.

—Bueno, fue tarde en la noche. No sabría decirte a qué hora, pero recordé que uno de los lavabos del segundo piso perdía agua. Y mientras estaba en la cama, dudé si había cerrado la llave de paso o no.

—No comprendo.

—Ayer Lilian me avisó que un lavabo perdía agua y yo subí a revisarlo. Pero después de acostarme, dudé: creí que había dejado la llave de paso abierta y, si así era, se arruinaría el piso o el techo de la habitación de abajo. Así que me levanté de la cama y fui al segundo piso a verificar si la había cerrado o no.

—¿Y qué ocurrió?

—Al pasar frente al cuarto de la señorita Gabereau escuché ruidos.

—¿Ruidos? ¿Qué ruidos?

—Como si…

—¿Cómo si qué, Gilbert?

—Como si estuvieran teniendo relaciones sexuales.

—¿Estás seguro?

—Muy seguro, John.

—¿Y no tienes idea de la hora?

—No, solo puedo decirte que era de madrugada.

—¿Eran más de las doce de la noche, Gilbert?

—Sí, claro. De madrugada, estoy seguro.

Nettle, confundido, cerró la libreta y despidió al señor Travis. Tenía que hablar con Lloyd. Había cosas que no cuadraban.

***

El inspector Hartfield caminaba como un león enjaulado en la biblioteca de la posada. Nettle, aún sentando en el mismo sitio en el que había pasado la tarde, observaba a su jefe.

—¿Pero estás seguro? —preguntó Lloyd.

—Travis lo está. Se lo pregunté varias veces. Y él sostiene que alguien tuvo sexo en la habitación en algún momento de la madrugada.

—Pero eso no tiene sentido, John. A esa hora, Doris Gabereau ya estaba muerta.

—Lo sé, pero Travis no dijo que quien estaba teniendo sexo era Doris. ¿O sí?

—Repíteme todo lo que Travis te dijo.

—Dijo que se levantó en algún momento de la madrugada a revisar si había cerrado la llave de paso de agua de un lavabo del segundo piso.

—Eso cuadra: cuando fui a hablar con Gilford, me crucé a Travis y me dijo que venía de reparar un lavabo.

Nettle asintió.

—¿Y luego qué dijo? —preguntó Hartfield.

—Lo que ya te he dicho, que al pasar frente al cuarto de Doris escuchó a alguien teniendo sexo.

—La mucama…, Lilian Davis, dijo que cuando ella ingresó al cuarto para realizar el aseo la cama estaba impecable. Que no había sido usada. ¿Es así?

—Sí. Es así.

—Travis tiene que estar confundido —dijo Hartfield mirando a su compañero—. A lo mejor el ruido provino de otra habitación. ¿Qué crees?

—No lo sé, Lloyd. Ya he entrevistado a todos los huéspedes.

Varios coinciden en que Doris bajó a cenar y en que estaba tranquila y que parecía feliz.

—¿Clifton Gilford estaba con ella?

—No. Estaba sola.

—¿Y dónde demonios estaba Gilford? —preguntó Hartfield.

Él no le preguntó sobre el asunto al reportero porque las coartadas las había revisado Nettle. Era John quien lo interrogó al respecto.

—Cenando en su dormitorio. Gilford le manifestó a la señora Travis que tenía dolor de cabeza y que cenaría en su dormitorio. Y Emily, la cocinera, preparó una bandeja con la cena para que la mucama de la noche la subiera.

—¿Y lo hizo?

—No lo sé, la mucama de la noche no ha llegado aún. La entrevistaré apenas llegue y corroboraré lo que me ha dicho Gilford.

—Si nos atenemos a la hora de la muerte que determinó el forense —dijo Hartfield dejando el tema de la coartada de Clifton Gilford de lado—, para la hora que Travis escuchó a alguien teniendo relaciones sexuales, Doris estaba muerta. ¿Quién pudo ingresar al dormitorio en ese momento? ¿Quién puede tener el morbo de mantener relaciones junto a un cadáver? Y atención: que serían dos personas.

—No lo sabemos.

—Mira, no podemos desbaratar todo el caso, todas las pruebas, por lo que un solo testigo haya dicho…

—Sí, tienes razón. Sobre todo porque ese testigo estaba medio dormido y es un anciano —dijo Nettle—. La hora de la muerte es una de las pocas certezas que tenemos en este caso.

—Y no tenemos por qué dudar del forense. El viejo Wilbert Daniels es jodidamente bueno en su trabajo. Si él dice que Doris a las doce de la noche estaba muerta, es que estaba muerta. Yo creo que deberíamos continuar esta investigación dejando el asunto de las relaciones sexuales a un lado, al menos por ahora. ¿Qué opinas?

—Estoy de acuerdo, Lloyd.

—Debo ir a hablar con el matrimonio Travis para disponer sobre las pertenencias de la señorita Gabereau. Y luego tengo que comunicarme con la familia.

—¿Tienes los datos?

—Sí. Eleanor Travis me dio el contacto de emergencia que dejó Doris al registrarse. Debo volar a Nueva York para hablar con ella. Y luego entrevistaré a William Gabereau. Puede que tenga algo que ver en este asunto. Mientras esté fuera, tú quedas a cargo, John.

—Muy bien —dijo Nettle y asintió—. Oye, deberíamos preguntarle a los Travis si la posada tiene algún sistema de seguridad. ¿No crees? Puede que tengamos suerte y en los corredores haya cámaras.

—¿Aún crees en los milagros, John? —preguntó Hartfield

Nettle sonrió.

—Mira —dijo al fin—: no sé si creo o si no creo en los milagros, pero, como viene este caso, vamos a necesitar toda la ayuda que podamos conseguir. Y si es ayuda divina, mucho mejor.

Capítulo 10

A las cinco de la mañana del día siguiente, Lloyd Hartfield arribó al Aeropuerto Internacional de Burlington para tomar el vuelo de Delta Air Lines con destino a Nueva York.

La noche anterior se había comunicado con Sam Dennis, un colega de la Gran Manzana, para pedirle ayuda.

—Necesito que revises los antecedentes de un sujeto —pidió Lloyd a su amigo luego de una charla trivial que duró unos minutos—. Se trata de William Gabereau, y puede que esté implicado en un asesinato que estoy investigando.

—Muy bien —dijo Dennis—. Te llamaré en cuanto sepa algo.

Lo hizo a los diez minutos. Y le contó a Hartfield que William Gabereau sí tenía antecedentes.

William «Bill» Gabereau había sido acusado por conducir en estado de ebriedad y con evidentes signos de alteración nerviosa, causada probablemente por el uso de sustancias no permitidas. También fue procesado por abuso doméstico. Su esposa lo había denunciado antes de solicitar el divorcio.

Lloyd agradeció a Dennis la información. Aquello confirmaba las sospechas de Hartfield, y por eso apresuró su vuelo a Nueva York.

Era imprescindible viajar y entrevistarse personalmente con la hermana de la víctima y con su exesposo, sobre todo porque eran los únicos familiares de Doris.

En la hora y media que el avión demoraría en llegar al aeropuerto JFK, el inspector Hartfield aprovecharía para leer los informes que Dennis le envió por correo electrónico.

William Gabereau era, o al menos había sido, un alcohólico y un adicto. Si durante el último año el sujeto realizó algún tratamiento de recuperación de adicciones, ese evento no figuraba en los informes que Hartfield estaba leyendo. Así que Lloyd decidió que trataría el asunto con cuidado.

Dos años atrás, un año antes de que Doris se divorciara de su esposo, tal como Dennis le había informado, Gabereau fue detenido por un oficial de tránsito por circular con exceso de velocidad. Cuando el oficial le solicitó la licencia, notó que Gabereau estaba ebrio. Lo hizo descender del auto y Gabereau intentó darle un puñetazo. Así que, al final, el exesposo de Doris fue arrestado, entre otras cosas, por resistencia a la autoridad.

Lo que figuraba en el informe, pero que Dennis no le dijo, es que en el auto la policía había encontrado un arma.

Gabereau tenía permiso para portar armas, y por ello no se levantaron cargos. Pero el dato llamó la atención de Hartfield.

La denuncia que realizó Doris por abuso doméstico, posiblemente, había tenido que ver con las adicciones de su esposo.

El abuso, las adicciones y la tenencia de armas eran una combinación peligrosa: podían terminar en homicidio.

Con cada minuto que pasaba, Hartfield sospechaba más y más de que el crimen de Doris Gabereau podía ser obra de un exmarido furioso.

***

El vuelo de Delta aterrizó en el JFK a las siete y media de la mañana. A las ocho y cuarenta y cinco, Lloyd Hartfield tocó el timbre del número 20 en Union Street, Queens. Era la casa de Angie Dawson: la hermana de Doris Gabereau.

—Soy el inspector Hartfield —dijo Lloyd y mostró su placa

cuando una mujer muy parecida a Doris, pero con un aspecto desprolijo y bastante avejentado, abrió la puerta—. Hablamos por teléfono anoche. Me gustaría conversar con usted unos minutos. ¿Es un buen momento ahora?

Angie soltó la cadena que mantenía la puerta entreabierta y dejó pasar a Hartfield.

—No. Pero ninguno lo es cuando viene un policía a interrogarte porque han asesinado a tu hermana, ¿no? —dijo ella mientras sacaba algunas prendas de arriba del sillón, como para hacer un espacio y que Lloyd se sentara. Ella se sentó enfrente—. No tengo mucho tiempo, la verdad. Debo irme a trabajar. He pedido adelantar horas porque una vez que me entreguen el cuerpo de...

Angie no pudo continuar. Se le quebró la voz.

—Como le dije anoche, señorita, lamento su pérdida —dijo Lloyd algo incómodo: nunca sabía cómo proceder cuando una mujer lloraba frente a él, cosa que, gracias a su trabajo, ocurría bastante a menudo—. Pero le prometo que haré todo lo que esté a mi alcance para descubrir al asesino y hacer justicia por su hermana.

—Gracias, inspector. —Angie sacó un pañuelo de su bolsillo y se limpió la nariz—. ¿Qué puedo hacer por usted?

—Me gustaría que me hable del esposo de Doris.

—¿De William? —Angie se puso tensa, y la expresión de angustia que su rostro había reflejado unos segundos antes fue reemplazada por una de odio—. ¿Usted cree que ese gusano mató a mi hermana?

—Yo no he dicho eso —dijo Lloyd con cautela, pero tomando nota de la suposición de la mujer—. Por ahora estamos investigando a su entorno. Nada más. Pero en casos como este los esposos...

—Exesposos.

—Sí, perdón. Los exesposos siempre son sospechosos.

—No sé si podré hablarle de su entorno, ¿sabe? —dijo Angie—. Yo amaba a Doris. De verdad, inspector. Pero hacía tiempo que estábamos distanciadas. Y eso, en gran parte, se lo debo a Bill Gabereau.

—Hábleme de él.

—Como le dije —continuó Angie, y miró la hora en el reloj que tenía en su muñeca—, es un gusano. Nunca pude entender cómo una mujer como Doris pudo casarse con un tipo como él.

—Explíquese.

—Doris es… —Angie se interrumpió y se le volvieron a llenar los ojos de lágrimas, pero logró continuar—. Doris «era» una mujer inteligente, atractiva, ambiciosa, divertida. En cambio, él es un bueno para nada, inspector. Debería ver su casa para entender a lo que me refiero.

—¿Y cómo era la relación entre ellos?

—Fue mala desde el principio, inspector. William es un alcohólico. Y cuando bebe se violenta. No había modo en que esa relación funcionara. Pero mi hermana era terca, ¿sabe? Y muy orgullosa. Y no iba a desistir tan pronto. No iba a aceptar que se equivocó al casarse. Principalmente porque todos se lo advertimos. William la controlaba, la celaba.

—¿Puede ser más concreta?

—Sí, por ejemplo, cuando a mi hermana se le antojaba ponerse una minifalda, si a él no le gustaba, ella se la tenía que cambiar. Yo presencié varias de esas escenas de celos, ¿sabe? Y en varias oportunidades, lo enfrenté. El resultado fue que él se opuso a que mi hermana se acercara a mí. Y, poco a poco, dejamos de vernos.

—¿Qué pasó entre ellos al final, señorita Dawson?

—Al final mi hermana quiso seguir así, inspector. —Angie volvió a mirar la hora—. Supongo que ella se dio cuenta de que podía esperar más de la vida. Ella quiso trabajar, vivir mejor··· Él se enfureció, y creo que la golpeó. Ella puso una denuncia por abuso doméstico y se largó de allí.

—¿Habló con ella en esos días?

—No mucho. Ya no éramos cercanas. —Angie miró la hora y se puso de pie—. Me gustaría seguir conversando con usted, pero debo irme a trabajar. Se me hace tarde. Y no puedo permitirme perder este empleo.

—Le agradezco por atenderme —dijo Lloyd y se puso de pie—. Una cosa más: ¿juega usted al golf, señorita Dawson?

—Sí, desde niña. Mi padre nos llevaba a Doris y a mí a jugar. ¿Por qué?

—Gracias, señorita Dawson. —Lloyd, sin responder la pregunta de Angie, se acercó a la puerta y la abrió—. Nos mantendremos en contacto.

Angie se acercó a la puerta detrás de él como para despedirlo.

—Atrape al bastardo que hizo esto, inspector. Hágalo por ella. Y también por mí.

—Lo haré. Se lo prometo —dijo Lloyd y se fue.

Capítulo 11

Hartfield detuvo su auto de alquiler en una gasolinera y, mientras cargaba el tanque, revisó su móvil para verificar si Dennis le había enviado un wasap con el domicilio de William Gabereau.

Efectivamente, su colega le envió el mensaje. Así que Lloyd programó el GPS del auto para poder llegar a su destino sin mayores dificultades y luego miró la hora.

Eran apenas las diez de la mañana. Pero él sentía que era mucho más tarde. Para recargar energías entró al minimercado y compró un café.

Mientras lo bebía, llamó a John Nettle.

—¿Alguna novedad? —preguntó apenas lo atendió su compañero.

—En unos minutos finalizará la autopsia —dijo Nettle—. Me lo ha confirmado Wilbert. Apenas tenga el informe te llamaré. ¿Y tú?

—Acabo de ver a la hermana de la víctima. Por ahora no he obtenido nada. Ahora iré a hacerle una visita al exmarido. Ya veremos qué sucede, pero puede que obtengamos algo ahí.

—Ten cuidado —dijo Nettle, a quien no le gustaba nada que su compañero fuera sin apoyo a entrevistar a un sospechoso.

—Te llamo más tarde —dijo Lloyd y cortó la llamada.

Entonces apuró su café y volvió al auto.

***

Al ver la casa de Gabereau, la casa donde Doris había vivido mientras fue su esposa, Hartfield se sorprendió. Y comprendió, de algún modo, lo que Angie Dawson le dijo: Lloyd no logró entender cómo una joven como Doris, que jugaba al golf y vacacionaba en Vermont, podía haber vivido en una pocilga como aquella.

El jardín delantero descuidado, la pintura desconchada, el techo medio podrido, pilas de cosas inútiles por todas partes...

El inspector se apeó del auto y, caminando con cierta cautela, se acercó a la casa.

De cerca la cosa era aun peor. El césped —o lo poco que quedaba de él— estaba cubierto de residuos: huesos, restos de comida, cajas, papeles, botellas vacías... Parecía que el habitante de aquella casa desconocía la existencia de los cestos de basura o que pensaba instalar allí un basurero.

Lloyd tocó el timbre, pero no lo oyó sonar, así que, asumiendo que no funcionaba, golpeó la puerta.

Después de unos minutos, un sujeto que parecía no haberse bañado en mucho tiempo abrió la puerta.

—¿Qué quiere? —le preguntó con rudeza.

—Soy el inspector Hartfield, de la Policía de Vermont —dijo Lloyd—. Estoy buscando a William Gabereau. ¿Es usted?

—Depende —dijo Gabereau medio en broma, medio en serio—. Si viene a arrestarme o a cobrar, no lo soy.

—No vengo a ninguna de las dos cosas —dijo Hartfield—. Pero necesito hablar con usted en relación a su exesposa.

—¿Y qué quiere ahora esa perra?

—¿Puedo pasar? —preguntó Lloyd—. No me gustaría hablar esto en plena calle.

Gabereau dejó entrar al inspector y le indicó que se sentara en una silla desvencijada que había junto a la puerta. Lloyd prefirió quedarse de pie: no confiaba en el sujeto y, además, el aspecto de la silla le dio bastante asco.

—¿Angie Dawson se ha comunicado con usted?

—Otra perra —dijo Gabereau—. No lo ha hecho. Y si sabe lo que es bueno, no lo hará. ¿Qué sucede?

—Señor, Gabereau —dijo Lloyd—: lamento informarle que su exmujer está muerta.

Gabereau se quedó mudo. Y su rostro, duro como piedra, no mostró reacción alguna.

—La han asesinado en Vermont —continuó Hartfield, intentando provocar algún gesto en Gabereau.

—Bueno —dijo al fin William y se sentó—, parece que alguien me ha quitado un problema de encima. Al menos me ahorraré la pensión.

—Parece que no le ha afectado la noticia.

—No. No realmente —respondió Gabereau—. Al fin y al cabo, la perra solo era una bolsa de problemas. No voy a quejarme ni a sentirme triste porque un problema se ha resuelto. ¿No cree?

—¿Dónde estuvo anteayer en la noche, señor Gabereau?

—¿Cree que yo la maté? —preguntó William divertido—. Podría haberlo hecho. ¡Sí, señor! Ya lo creo que podría haberle retorcido ese cuellito de gacela que tenía la muy perra. Pero no lo hice. La maldita me sacó de quicio varias veces, pero me contuve a tiempo. No valía la pena ir preso por una mujer como ella.

—No ha contestado mi pregunta.

—No fui a Vermont, si quiere saberlo. Y estuve aquí, en Nueva York.

—¿Estuvo con alguien?

—Anteanoche estuve desde las siete hasta las doce, más o menos, en el bar de George. Aquí a la vuelta. Suelo pasar varias horas por ahí. George me conoce y me deja pagar mis deudas a fin de mes.

—¿Podemos verificarlo?

—Vaya al bar y pregunte, todos me conocen.

Lloyd asintió. Seguía de pie, aunque Gabereau estaba sentado. El sujeto no parecía intimidado por las preguntas que le hacía el inspector. Y Hartfield empezó a pensar que el sujeto no tenía nada que ver en el homicidio de su exesposa. Podía ser un maldito desalmado. Incluso, probablemente, con la presión adecuada, el sujeto podía convertirse en asesino. Pero Hartfield no creía que William Gabereau fuera quien mató a Doris.

—¿Juega usted al golf, señor Gabereau?

—¿Al golf? —William soltó una carcajada—. ¿A ese deporte de maricas? No me haga reír, inspector. Dadas las circunstancias, no sería correcto: a fin de cuentas, soy casi viudo. Y debo guardar las formas.

—Tampoco me ha respondido esta vez.

—No, inspector —dijo Gabereau con cierto hastío—. No juego ni jugué ni tampoco jugaré al golf. Nunca me rebajaría a compartir mi tiempo con ricachones que piensan que son mejores que yo solo porque tienen más dinero y que creen que hacen deporte mientras caminan por prados verdes, vestidos como imbéciles, dándoles órdenes a esos pobres sujetos que les llevan las bolsas. Eso tiene algo de servidumbre. Y yo no soy siervo de nadie. No, señor. Eso no es para mí.

Con cada palabra que salía de la boca de William Gabereau, Lloyd Hartfield se convencía más y más de que el sujeto no tenía nada que ver en el homicidio, así que decidió dar por terminada la entrevista.

—Creo que eso es todo, Gabereau —dijo el inspector y se acercó a la puerta—. Verificaré lo que me ha dicho, le pido que se mantenga disponible por si necesito volver a hablar con usted.

—Aquí estaré, inspector —dijo William, que se puso de pie y acompañó a Hartfield hasta la calle—. Ah, una cosa. Si llega a ver a Angie Dawson, dígale que no se atreva a venir a pedirme dinero para el funeral. Que yo no tengo ninguna obligación con Doris.

—¿Y por qué le pediría dinero a usted? —preguntó Hartfield algo intrigado—. Usted no le cae muy simpático que digamos, si me permite que se lo comente.

—Lo sé, pero la perra siempre anda corta de fondos. Y, con tal de enterrar a su hermana dignamente, es capaz de pedirle un favor al mismísimo diablo.

—¿Usted es el diablo?

Gabereau no dijo más. Se limitó a sonreír y a sacar un cigarrillo del bolsillo delantero de su camisa. Se puso el cigarrillo entre los dientes y volvió a entrar en la casa.

Lloyd, en la vereda, se quedó pensativo unos minutos. El sujeto era un bastardo, pero no había tenido ningún reparo en mostrar su desprecio por Doris. Pensó que el asesino hubiera cuidado un poco las formas, como para guardar las apariencias, al menos.

Luego caminó hasta el bar de George para verificar la coartada de Gabereau.

Lo hizo por cumplir con una formalidad: Lloyd «sabía» que William Gabereau no era el asesino.

Y no tenía ni idea de por dónde continuar.

Capítulo 12

Después de verificar que Gabereau había estado en el bar de George la noche del homicidio, Hartfield regresó a su auto y volvió a llamar a Nettle.

—¿Has hablado con Gabereau, Lloyd? preguntó a su compañero.

—Lo entrevisté, sí —dijo Hartfield y se restregó los ojos—. Y no ha sido él.

—¿Cómo lo sabes?

—Tiene una coartada bastante sólida. Y además no juega al golf.

—No hace falta jugar al golf como para ser capaz de asestar un buen golpe con un palo, Lloyd. Solo se necesita tener un palo a mano, y por este sitio abundan, amigo —dijo Nettle, a quien no le gustaba descartar ninguna posibilidad—. Y las coartadas pueden inventarse. Eso lo sabes tan bien como yo.

Lloyd sabía que su compañero tenía razón. Por eso le gustaba trabajar con él: John Nettle era un policía que siempre mantenía la mente abierta. Y eso le ayudaba a Hartfield, a quien le gustaba demasiado imponer cosas y que, por eso mismo, a veces se equivocaba. Porque cuando seguía una idea, no consideraba ninguna otra. Ese era un gran defecto que lo había llevado a cometer errores. Por eso, justamente, Hartfield y Nettle se complementaban muy bien. Porque trabajando juntos, los dos se convertían en mejores policías.

—Lo sé —dijo Hartfield—. Pero estoy seguro, no fue él. ¿Viajar hasta Stowe para darle un golpe con un palo de golf en la posada? No. No es el estilo de Gabereau. Es un tipo rudo, temperamental. Y holgazán. Deberías ver su casa.

—Yo no lo descartaría. No aún.

No lo hagas: mantén esa línea de investigación abierta. Fíjate si averiguas algo más sobre el sujeto. No lo creo, pero pudo haber contratado a alguien para asesinar a su exmujer. Esa siempre es una posibilidad. Pero insisto, no lo creo. El sujeto no tiene los medios como para contratar un sicario.

—Esa siempre es una posibilidad.

—Yo me enfocaré en otro sospechoso. Ah, antes de que me olvide, pide que alguien vaya a la posada y se asegure de que el reportero no abandone el pueblo. Ayer le dije que podría volver a Nueva York, pero me lo he pensado mejor y creo que es mejor que se quede por ahí. No quiero perderlo de vista aún.

—Me parece bien.

—¿Novedades de la autopsia?

—Daniels me cortó el teléfono la última vez que lo llamé —le contó Nettle—. Me dijo que terminaría más rápido si dejaba de molestarlo. Así que no me atrevo a llamarlo nuevamente.

—Yo lo haré. No te preocupes. Estoy volviendo al aeropuerto. Mi vuelo sale en tres horas. Lo llamaré mientras espero la hora de abordar. Cualquier novedad, me avisas.

Hartfield cortó la comunicación y condujo despacio en dirección al aeropuerto JFK, donde devolvería el auto de alquiler.

Mientras conducía iba pensando en todo lo que había averiguado, que no era mucho en realidad.

Pero lo que no podía sacarse de la cabeza era la imagen de Clifton Gilford, arrodillado junto al cadáver, cuando él entró en la habitación de Doris Gabereau.

Y eso no había sucedido en Nueva York.

Esa imagen lo perturbaba y esa, precisamente, era la línea de investigación que prefería seguir.

Mientras llegaba el momento de abordar su vuelo, Lloyd aprovechó el tiempo y le envió un wasap a Eleanor Travis para decirle que si Clifton Gilford quería irse de la posada, no se lo permitiera. Que lo retuviera con alguna excusa. Y que un policía iría a informarle a Gilford que no podía abandonar el pueblo ni Honeysuckle Bed and Breakfast.

A Eleanor mucho no le gustó la idea de tener que retener en la posada al periodista. Ella quería dejar atrás el asunto del homicidio porque todo el movimiento que se había generado espantaba a los huéspedes.

Sin embargo, acató lo que Hartfield le ordenó.

Una vez arregladas las cosas con Eleanor Travis, Hartfield llamó al médico forense.

—¿Daniels? —preguntó Lloyd ni bien el forense atendió el teléfono—. Imagino que ya debe tener el resultado de la autopsia de Doris Gabereau, ¿no?

—Imagina bien, inspector —dijo Daniels—. Aunque no gracias al cuerpo de Policía de Stowe. No acabaré más pronto porque me llamen a cada instante. Sino, más bien, todo lo contrario.

Hartfield inspiró haciendo un esfuerzo por no responderle. Si lo llamaban en reiteradas ocasiones era porque el viejo Daniels se tomaba demasiado tiempo para hacer el trabajo. Pero decírselo sería inútil: «¿Usted quiere que lo haga pronto o que lo haga bien?», diría el médico. Y ese sería el fin del asunto.

Así que Hartfield optó por ir directo al grano y no perder el tiempo en discusiones que no llevaban a ninguna parte.

—¿Puede adelantarme algo?

—Tal como le dije, inspector, la causa de la muerte fue el golpe que le dieron en la cabeza. El cuerpo presentaba una importante fractura de cráneo, y hubo pérdida de masa encefálica.

Con eso le digo todo. Apuesto que hay restos de tejido en el arma homicida. Como le dije, a juzgar por la pérdida de sangre, la muerte no fue rápida. Fue una fea manera de morir, si quiere saberlo.

—El golpe tuvo que asestarse con fuerza, entonces. ¿Pudo ser propinado por una mujer?

—Sí —dijo Daniels—. Pudo hacerlo una mujer sin ningún problema.

—¿El arma homicida? ¿Ya pudo identificarla?

—Un palo de golf, tal como le adelanté. Para ser más preciso, inspector, puedo decirle que el golpe fue asestado con un *driver*. Por eso digo que el golpe pudo darlo una mujer. Al ser el *driver* el más pesado de todos los palos, aun sin haber aplicado tanta fuerza, el golpe fue mortal. El hueso fue pulverizado donde el *driver* pegó.

—¿Y la hora de la muerte? ¿Ya pudo determinarla con certeza? —Lloyd esperaba que Daniels le confirmara ese dato. Lo que Gilbert Travis testificó acerca de haber escuchado ruidos en la habitación de Doris, la madrugada en la que la mujer fue asesinada, le molestaba sobremanera. Y por eso el inspector necesitaba saber con exactitud si a esa hora Doris estaba viva o no.

—Tal como le dije, entre las diez y las doce de la noche.

—¿Está seguro?

—Lo corroboré con el contenido del estómago, inspector, la cena no estaba completamente digerida, así que··· Sí, estoy seguro.

—¿Algo más que agregar, doctor?

—Nada, los resultados toxicológicos aún no están listos, pero no creo que encontremos nada que ya no sepamos. Le dejaré una copia del informe a Nettle en el Departamento de Policía. ¿De acuerdo?

Lloyd cortó justo cuando por los altavoces llamaban para

abordar su vuelo.

Lentamente caminó hacia la puerta de embarque, y pensó que aprovecharía la hora y media de viaje para echar una siesta.

Él sospechaba que en los días venideros descansar sería difícil.

Si no imposible.

Capítulo 13

Como todas las construcciones en Stowe, el Departamento de Policía era un edificio que parecía salido de un cuento de hadas.

Construido en madera blanca, lleno de pequeñas ventanas de vidrio repartido y rodeado de setos y árboles añosos, era lo más alejado que uno pudiera imaginar a un edificio policial.

Sin embargo, desde el interior la impresión era muy distinta. No solo por su contenido —los típicos muebles metálicos, grises y funcionales de toda dependencia estatal, y rejas y cerraduras por todas partes—, sino, sobre todo, por lo que allí se discutía.

El inspector Lloyd Hartfield, John Nettle y varios hombres más, reunidos frente a un amplio pizarrón tapizado de fotos de la víctima y de la escena del crimen, decidían el próximo paso a seguir.

—Debemos centrarnos en encontrar el arma homicida —dijo Hartfield—. Sabemos exactamente con qué la mataron. Y, la verdad, no es tan sencillo esconder un palo de golf. Así que pienso que si encontramos el palo con que la mataron, puede que luego el asesino se ponga nervioso, cometa un error y muestre sus cartas.

—Pudieron haber sacado el palo del pueblo, jefe —dijo uno de los uniformados que había sido convocado a la reunión—. Es posible, probable mejor dicho, que no lo encontremos nunca.

—Es verdad —respondió el inspector—, pero, de todos modos, tenemos que revisar cada palo que encontremos. Deberíamos centrarnos en los que están en el club de golf, guardados en el depósito y en las taquillas. Y también los que se guardan en la posada. Incluso los que están en las habitaciones de los huéspedes. El asesino pudo mezclarlo entre otros muchos. Nada como esconder algo entre otras cosas iguales. ¿No es cierto? Vamos a buscar en todos los palos restos de sangre o de lejía. El forense me ha dicho que es posible que encontremos restos de masa encefálica. No creo que eso ocurra, pero quién sabe··· Deberíamos centrarnos en aquellas bolsas donde falte el *driver* y revisar, incluso, si hay restos de sangre en estas. Si no encontramos el palo, tal vez descubramos dónde estuvo escondido.

—Le he dicho a Travis —intervino Nettle mientras tomaba nota de lo que Hartfield había dicho a fin de transmitirlo a quienes revisarían los palos— que ningún huésped tiene permitido sacar sus equipos de golf de la posada. Ni siquiera los que se están volviendo a sus casas. Los Travis los guardarán en el depósito hasta que hayamos revisado cada palo. También he apostado un par de hombres por allí para que revisen los automóviles. Si a alguien se le ocurre la tonta idea de llevarse un *driver* escondido en la cajuela, lo sabremos.

—Bien pensado, John —dijo Hartfield—. Aunque igual, revisar todo nos llevará mucho tiempo. Así que, mientras tanto, deberíamos concentrarnos en el motivo. ¿Por qué asesinaron a Doris Gabereau? ¿Ideas?

—Yo apuesto por el exmarido despechado —dijo uno de los uniformados.

—Es la teoría que más me convence *a priori* —dijo Nettle—. Pero Hartfield ya ha hablado con William Gabereau, quien parece tener una coartada sólida. Tiraré de ese hilo, pero parece que no nos llevará a ningún sitio.

—¿Qué hay del reportero? —preguntó otro de los policías—. Estaba en el lugar del crimen y su conducta es sospechosa.

—Lo es, sí —dijo Hartfield—. Pero ¿por qué la mataría? Con Gilford, el problema es que no hay motivo. Al menos no uno que sepamos.

—¿Y qué pasa con la hermana, Lloyd? ¿Angie Dawson es su nombre? —preguntó Nettle—. Si tiene problemas de dinero, podríamos incluirla como sospechosa: a fin de cuentas, es la única heredera de la víctima.

—Si Doris Gabereau hubiera tenido dinero —dijo Hartfield—, te daría la razón. Pero no creo que sea el caso. Vivía de trabajos eventuales y, al morir, ni siquiera había cobrado la primera cuota de la pensión que Gabereau debía pagarle.

—Pobre no debe haber sido si vacacionaba en la posada de los Travis —dijo uno de los uniformados—. Una vez quise ir a pasar un fin de semana allí con mi esposa, pero no pudimos permitirnos el gasto. Con lo que los viejos Travis cobran una noche de alojamiento, nosotros comemos durante una semana.

—Supongo que Gilford le pagaría su estadía en la posada —dijo Hartfield—. Deberíamos verificar eso.

—¿Y el robo? —preguntó Nettle. Él realmente no pensaba que aquel fuera el motivo del crimen, pero debía evaluarse, sobre todo porque abría el juego a nuevos sospechosos.

—Nada parecía haber sido revuelto en el cuarto cuando procesamos la escena del crimen —dijo Hartfield, que tampoco pensaba que aquel fuera el motivo del asesinato—. Y, según Gilford, nada faltaba en el lugar.

—Tú lo has dicho —dijo Nettle—. Según Gilford···

—¿Qué quieres decir, John? —preguntó Hartfield.

—Que si lo que falta se lo hubiera llevado él, de ningún modo nos lo diría, ¿no crees? Y allí tendrías tu motivo. Es un poco rebuscado, pero yo no lo descartaría.

—No lo descartemos, entonces —aceptó el inspector—. De todos modos tu idea es menos rebuscada que pensar que un extraño se coló en la habitación de Doris Gabereau y la asesinó por la espalda porque sí.

—¿Venganza? —dijo alguien.

—¿De quién? —preguntó Lloyd—. ¿Por qué? Nada nos lleva en esa dirección. Podríamos averiguar si Gilford estaba en una relación o si terminó con alguna mujer antes de venir a Stowe. La mecánica del crimen cuadra con el despecho, pero eso implicaría que una mujer siguió a la víctima y al reportero desde Nueva York, se introdujo en la posada sin que nadie se diera cuenta, luego lo hizo en la habitación de Doris, la mató y en medio de la noche abandonó el lugar sin ser vista. Es justo por esa razón que tampoco me cuadra que William Gabereau sea el asesino. Porque además de contar con una coartada sólida, tendría que haber estado en la posada sin que nadie lo viera. Y si Gabereau hubiera estado en Stowe, les aseguro que lo hubiéramos notado: el sujeto resaltaría aquí como un trozo de carbón sobre la nieve.

—¡Este maldito caso es un desastre! —estalló Nettle—. No hay nada de dónde agarrarse. Ningún cabo suelto. Nada de dónde tirar.

—Siempre hay algo, John —dijo Hartfiel, que, con mucha más experiencia, sabía que siempre había algo, algún detalle, alguna grieta por donde se filtraba la verdad. Solo era cuestión de encontrar el fallo. Algunas veces descubrirlo resultaba más sencillo, otras mucho más complicado, pero si se buscaba con esfuerzo y con minuciosidad, siempre aparecía. Y luego el caso se resolvía solo—. Tranquilo que vamos a encontrar la punta que nos permita desentrañar todo el misterio.

Nettle asintió. Sabía que lo que su compañero decía era cierto. El problema era que estaba empezando a perder la paciencia.

—¿Han terminado de revisar la habitación de Doris Gabereau en la posada? —preguntó Lloyd.

—Sí —dijo Nettle—. De hecho, ahora mismo están trayendo el equipaje que llevó con ella. Les pedí que lo dejaran en el salón del fondo. Allí hay espacio suficiente para que podamos revisarlo a conciencia.

—¿Algo más? —preguntó el inspector.

—Me sigue molestando el asunto de los ruidos que comentó Gilbert Travis, Lloyd —dijo Nettle—. ¿Quién estaba en la habitación de Doris a esa hora?

—A mí también me molesta eso. Deberíamos citar a Travis aquí y ver si podemos indagar un poco más sobre el asunto. Llámalo, ¿quieres? Dile que venga por aquí en la tarde.

Nettle asintió y sacó su móvil del bolsillo para hacer la llamada que su jefe le pidió, mientras, los uniformados, a pedido de Hartfield, abandonaban el salón. La reunión terminó y había mucho por hacer.

Lloyd, parado frente al pizarrón tapizado de fotos, intentaba, sin éxito, conectar la información que tenían. Pero no era posible, porque a aquel rompecabezas aún le faltaban muchas piezas.

Su tarea era encontrarlas.

El problema era que, todavía, no sabía cómo.

Capítulo 14

Nettle golpeó la puerta del despacho de Hartfield. El inspector se encontraba hablando por teléfono con Gwyneth, su esposa.

—No me parece buena idea, cariño —dijo—. Pero maneja la situación como prefieras. No me comprometo a llegar a tiempo: tengo un día duro aquí. Y ni se te ocurra preguntarme por el caso frente a ellos.

—Llegaron las maletas, Lloyd —avisó Nettle a Hartfield.

—Debo irme, cariño —dijo Hartfield—. Te llamo luego.

Y cortó la comunicación.

—¿Problemas en casa? —preguntó Nettle, divertido, mientras permanecía junto a la puerta esperando que su jefe saliera del despacho.

—Gwyneth invitó a los Travis a cenar —dijo Hartfield, al tiempo que guardó su móvil en el bolsillo de la camisa y salió del despacho en dirección a la sala donde habían dejado todas las pertenecías de Doris Gabereau—. Y no me parece apropiado, eso es todo, no creo que sea ético confraternizar con ellos en medio de la investigación. Pero tampoco quiero problemas con mi esposa, así que dejaré que los invite y yo llegaré para el café.

Al entrar en el lugar donde estaban las cosas que los oficiales trajeron de la posada, a Hartfield le sorprendió la cantidad de equipaje que había llevado la víctima en su viaje a Stowe.

—¿Todo esto para cuatro días que iba a pasar aquí? —preguntó el inspector algo asombrado—. ¡Vaya con las mujeres! ¡Sí que exageran!

—Yo pensé lo mismo —dijo Nettle, sonriendo, mientras se colocaba unos guantes de látex. Luego abrió una de las maletas—. Mira esto, jefe, la maleta está a reventar de prendas de vestir. Pero esto es muy extraño.

—¿Qué? —Hartfield se acercó a su compañero—. ¿De qué hablas?

—Mira, en su mayoría, se trata de ropas de verano: trajes de baño, soleras, sandalias… En fin, ropa nada apropiada para el otoño de Vermont. ¿No crees?

—¿Pensaba viajar a otro sitio después? —preguntó Hartfield, quien también se puso los guantes y que, al abrir otra maleta, encontró gafas de sol, protectores solares y sombreros.

—¿Con qué dinero, Lloyd? —preguntó Nettle, que siguió vaciando la maleta y dejando su contenido sobre una mesa.

Hartfield no respondió. Terminó de revisar el interior de la maleta y continuó con el bolso de Doris.

—No sé con qué dinero, pero su pasaporte está aquí, viejo. Doris se iba de viaje. No lo dudes.

—Este maldito caso me está volviendo loco —dijo John Nettle—. Cada cosa que hacemos nos lleva en una dirección diferente.

—Debemos volver a conversar con Gilford —dijo Hartfield y se sacó los guantes—. Tal vez él sepa algo sobre esto. Tú revisa todo a fondo, John: si es necesario, saca los forros de las maletas. Revisa si tienen un doble fondo. No dudes en desármalas por completo. Yo iré a conversar con el reportero.

**

Lloyd, conduciendo su motocicleta, se acercó a la posada.

Eleanor, que trabajaba en el jardín, lo escuchó antes de verlo y, dejando los artículos de jardinería sobre el césped, salió a su encuentro.

—Eleanor —saludó Lloyd luego de apagar el motor y quitarse el casco—. No quisiera molestar, pero necesito hablar con Gilford.

—Estaba en la biblioteca hace un momento —dijo mientras se limpiaba la tierra que tenía en las manos en el mandil que llevaba puesto para proteger su ropa—. Ven. Te acompaño.

El inspector siguió a Eleanor por el camino de entrada hasta la posada. En el vestíbulo se encontró con Gilbert Travis, quien al escuchar el sonido de la motocicleta se había asomado a ver qué ocurría.

—¿Has visto al señor Gilford, cariño? —preguntó Eleanor a su esposo—. El inspector desea conversar con él.

—Hace un momento estaba en la biblioteca, pero me dijo que necesitaba algo y que iría a recogerlo a su cuarto. Acaba de subir —dijo Travis y señaló la escalera.

—Permiso —dijo Lloyd—. Iré a buscarlo.

El inspector se dirigió a la escalera y, no bien quedó fuera de la vista de los Travis, desenfundó su arma. No creía que Clifton Gilford fuera a atacarlo, pero era llamativo que se hubiera escabullido de la biblioteca al escucharlo llegar. Porque Hartfield estaba seguro de que el periodista había abandonado la biblioteca en el instante en que escuchó que la motocicleta se acercaba por el camino de entrada.

Con cautela avanzó por el pasillo y luego, manteniendo el arma detrás de su espalda, con la otra mano tocó la puerta de Gilford.

Cuando el reportero abrió, llevaba la chaqueta puesta.

—¿Iba a algún lado, Gilford? —preguntó Hartfield mirando a Clifton, luego al interior de la habitación y a Clifton otra vez.

—No lo sé —dijo encogiéndose de hombros—. Dígamelo usted. Vino a arrestarme. ¿Verdad, inspector?

—No. No vine a eso. Vine a conversar con usted. ¿Debería arrestarlo? ¿Ha hecho usted algo para que yo lo arreste?

—No juegue conmigo, inspector —dijo Clifton, que se apartó de la puerta para dejar entrar al inspector—. Pase.

Hartfield entró al cuarto y notó que el reportero no había armado su equipaje ni nada parecido. Por lo visto, no tenía intenciones de irse a ningún sitio. Eso hablaba a su favor.

—Siéntese donde guste —dijo Clifton.

Hartfield se sentó en un sillón junto a la ventana. Gilford lo hizo sobre la cama, frente al inspector, se quitó la chaqueta y la dejó a su lado, encima del colchón.

—Usted dirá —dijo el periodista.

—Estuvimos revisando el equipaje de Doris Gabereau.

—¿Y? ¿Qué puedo saber yo sobre su equipaje?

—Que era mucho. ¿No le parece?

—Todas las mujeres llevan mucho equipaje, inspector. Si usted es casado debería saberlo.

—Es verdad —aceptó Hartfield—. Mi mujer lleva cantidades ingentes de ropa cuando salimos de vacaciones. Lo que mi mujer no hace, señor Gilford, es llevar trajes de baño si nos vamos a esquiar, ni botas de nieve cuando vamos a la playa. Me pregunto por qué Doris Gabereau trajo chanclas a Vermont en otoño.

Clifton dudó apenas un instante. El gesto hubiera pasado desapercibido para cualquiera, pero no para un ojo entrenado como el de Lloyd Hartfield.

—No lo sé —dijo Gilford recuperando de inmediato la seguridad y la compostura.

—¿Tampoco sabe para qué la señorita Gabereau trajo su pasaporte? ¿Acaso tenía pensado salir del país?

—No lo sé, inspector. Realmente yo no sé nada.

—Qué relación tan extraña la que mantenía usted con la víctima, señor Gilford —dijo Hartfield—. Viajó con ella desde

Nueva York, pero no sabe nada sobre su novia.

—Dígame, señor Gilford. —Hartfield inclinó su cuerpo hacia adelante—. Si reviso su guardarropa, ¿encontraré también ropas de verano?

—Nos íbamos a Cancún —accedió Gilford al fin—. ¿Contento? Sí. Luego de pasar unos días aquí, yo tenía que viajar a México por trabajo. Y ella decidió acompañarme. Eso es todo, inspector. Misterio develado.

—Y usted ocultó esa información porque…

—Porque soy un idiota, Hartfield. ¿Por qué va a ser?

—Que usted sea un idiota, y no creo que lo sea, no explica por qué ocultó esa información. Vamos. ¡Explíquese, hombre! No tenga miedo. Pero cuéntemelo todo, porque me terminaré enterando y será peor para usted.

—Porque iba a usar dinero del diario para costear el viaje de Doris. No sería un robo, porque ella lo iba a devolver después. Pero, en fin··· Supongo que ahora no importa que lo diga, porque de todos modos yo tampoco viajaré, así que no consideré importante decirlo.

—¿Y cómo iba a devolverle el dinero la señorita Gabereau, Gilford? ¿Con los míseros dólares que cobraba en sus trabajos eventuales?

—Cuando cobrara la pensión de su exmarido devolvería el dinero. O eso me dijo ella. Yo…

En ese momento sonó el móvil de Hartfield.

—Dime, John —dijo el inspector al atender mientras le hacía una seña a Gilford para que lo esperara un segundo—. ¿En serio? ¡Vaya! Enseguida estaremos allí.

Clifton miró cómo el inspector cortaba la comunicación y guardaba el teléfono de vuelta en su bolsillo.

—Debería volver a ponerse la chaqueta, señor Gilford —dijo Hartfield y se puso de pie.

—¿Por qué? —preguntó Gilford algo desconfiado.

—Porque necesito que me acompañe al Departamento de Policía.

—¿Ahora sí va a arrestarme?

Hartfield sonrió, pero no dijo una palabra. Con una seña le indicó la puerta a Clifton y, luego, salió detrás de él.

Capítulo 15

Clifton Gilford esperaba, solo, en un cuarto de interrogatorios del Departamento de Policía de Stowe.

Hacía rato que Hartfield lo había dejado allí sin darle ninguna explicación y, después de tanto tiempo, comenzaba a inquietarse.

El salón, casi vacío, no ofrecía mucho para distraerlo: cuatro paredes pintadas de gris, una mesa, dos sillas, un enorme espejo en la pared (desde donde Gilford suponía que lo miraban) y una cámara de video montada sobre un trípode en un rincón.

Eso era todo. Y Gilford ya se lo conocía de memoria.

¿Qué rayos esperaban para explicarle lo que sucedía?

Suponía que no estaba arrestado, ya que nadie lo esposó, pero realmente no lo sabía.

Ni siquiera había un reloj como para poder calcular el tiempo que llevaba esperando. Podían ser treinta minutos o tres horas. No lo sabía. Y con el miedo que sentía, tampoco podía estar seguro de nada.

—¡Por favor! —gritó entonces y se paró frente al espejo—. ¡Por favor! ¡Que alguien venga y me explique qué hago aquí!

En ese momento, Clifton notó que una de las luces de la cámara se encendía. Y tuvo el impulso de darle un puñetazo y hacerla volar por el aire. Pero se contuvo.

Realmente no quería más problemas.

Inspiró hondo, se frotó una de las muñecas y volvió a sentarse.

Entonces la puerta se abrió. Y el inspector Hartfield, sosteniendo dos cafés, entró en el cuarto.

—Lamento haberlo hecho esperar, Gilford —dijo el inspector y puso frente al reportero uno de los cafés. Luego se sentó—. Me tomé el atrevimiento de ponerle azúcar.

—No me gusta el café —dijo Gilford enfurruñado como un niño.

A Hartfield casi le dio risa la actitud del joven reportero. Casi. Porque sospechaba que esa actitud infantil era una estrategia. Un modo de zafarse de los problemas.

Claro que Gilford no conocía la magnitud del problema en que se encontraba. No sabía, ni siquiera sospechaba, que el inspector iba por él.

—¿Va a decirme de una vez por todas para qué me trajo aquí, Hartfield?

Lloyd se mostraba tranquilo mientras bebía su café. Sentado, algo alejado de la mesa, con una pierna cruzada sobre la otra y saboreando su bebida, parecía estar disfrutando de un rato de descanso en el Starbucks del pueblo, en lugar de estar interrogando a un sospechoso.

Claro que aquello era una técnica. Un modo de agotar a Gilford. Porque Hartfield sabía que interrogarlo no sería sencillo. A fin de cuentas, Gilford era un reportero especializado en noticias policiales y, por ello, conocía a la perfección todas las tácticas de interrogación.

Pero si el inspector lograba ponerlo nervioso, asustarlo, tal vez podría conseguir que el muchacho se quitara esa pátina de soberbia tras la que se había escondido desde el primer día y, finalmente, dijera la verdad.

Hartfield quería ver al auténtico Clifton Gilford, y lo lograría de un modo o de otro.

—¿Usted por qué cree que lo traje aquí, Gilford? —preguntó el inspector, que de inmediato volvió a tomar su café.

—¡Cómo demonios voy a saberlo!

—¡Vamos, hombre! —insistió Hartfield—. Usted es periodista, es un tipo listo. ¡Piense!

—¡Déjese de tonterías! —estalló Gilford, que al pararse con brusquedad dejó caer la silla en la que estuvo sentado—. ¡Dígame qué quiere de mí o déjeme ir de una puta vez!

—¡Por fin me demuestra que tiene sangre en las venas, hombre! —dijo el inspector, al tiempo que descruzaba las piernas y dejaba el café sobre la mesa—. Al fin veo una reacción auténtica entre tanta pose fingida que ha mantenido desde el primer momento.

Gilford inspiró como para calmarse. Luego se agachó, levantó la silla y se sentó.

—¿Qué quiere de mí?

—Que me diga la verdad.

—La verdad··· —empezó el reportero como intentando decidir qué hacer—. La verdad es que Doris y yo teníamos una relación desde mucho antes que ella se divorciara del bastardo que tenía por marido.

—¿Él lo sabía?

—Creo que no.

—¿Cómo lo sabe?

—De haberlo sabido hubiera usado esa información en el juicio de divorcio —explicó Gilford, que tomó el café entre sus manos. Lo observó un segundo y luego bebió un sorbo—. El adulterio es un buen motivo para que un juez no otorgue una pensión. ¿No es así? Y Gabereau hubiera dado un brazo con tal de no darle un centavo a Doris. ¿Cómo no usar el argumento del adulterio si hubiera sabido de lo nuestro? No. El sujeto no sabía nada, estoy seguro.

—¿Por qué vinieron aquí, Gilford? ¿Por qué no viajaron a México directamente desde Nueva York?

—No lo sé. Fue una tontería. Yo tenía que venir aquí por

trabajo, y ella decidió acompañarme.

—¿Y por qué trajeron el equipaje con ustedes?

—Trajimos todo lo que llevaríamos a México porque yo debía permanecer aquí hasta hoy. Y nuestro vuelo con destino a Cancún salía esta noche. Si ocurría cualquier cosa, no tendríamos tiempo de empacar. Así que trajimos el equipaje con nosotros, para no tener que volver a buscarlo a nuestros apartamentos y ganar algo de tiempo.

—¿Y por qué tomaron habitaciones separadas?

—Por las dudas de que alguien descubriera que nos íbamos juntos.

—No entiendo eso, Gilford —interrumpió Hartfield—. ¿A quién le importaba si dormían juntos?

—A Doris. Por culpa de Bill. Ella temía que él se enterara de lo nuestro y que eso pusiera en riesgo la pensión. Yo le dije que era una tontería, que la pensión solo la perdería si se casaba nuevamente. Pero no quiso escucharme. Así que tomamos habitaciones diferentes, pero dormíamos juntos todas las noches. No tenga dudas.

—No todas —dijo Hartfield—. Usted no estaba con Doris la noche del homicidio. ¿O sí?

—No. —En el rostro de reportero se formó una auténtica e inocultable expresión de amargura—. Esa noche no estaba con ella.

—¿Por qué?

—No lo sé.

—¿Cómo que no lo sabe?

—Esa mañana tuve que ir a hacer una nota al mercado de agricultores. ¿Recuerda que le dije que vine a Stowe por trabajo?

Hartfield asintió.

—Bien, me fui temprano y estuve todo el día fuera. Al regresar tenía mucho dolor de cabeza. Doris fue a verme para ver si bajaríamos a cenar y…

—¿Cenaban juntos? —interrumpió el inspector.

—No. Por las mismas razones que no compartíamos habitación, tampoco compartíamos mesa, pero solíamos bajar al mismo tiempo y retirarnos del comedor más o menos juntos.

—Entiendo —dijo el inspector—. Continúe.

—Bien —siguió Clifton—. Le decía que ella fue a preguntarme si bajaría a cenar, le dije que no. Que no me encontraba bien. Le dije que la vería más tarde. Que deseaba dormir un rato.

—¿Y qué ocurrió?

—Me dijo que no me molestara. Que esa noche prefería estar sola. Que tenía que pensar sobre unos asuntos. Que tenía que contarme una cosa, y que lo haría en el desayuno.

—Pero el desayuno nunca llegó.

—Nunca llegó.

Clifton guardó silencio. Y el inspector también. Durante unos minutos, el reportero se limitó a beber su café hasta terminarlo. Y Hartfield se limitó a observar a su sospechoso predilecto.

Durante todo ese tiempo la cámara no dejó de grabar.

Y, durante todo ese tiempo, el inspector se guardó un as bajo la manga.

Capítulo 16

Aquella tarde, mientras el inspector Lloyd Hartfield conversaba con Clifton Gilford en su habitación de la posada, John Nettle se dedicó a revisar a fondo el equipaje de la víctima.

Lo primero que hizo fue vaciar las maletas y luego revisar, minuciosamente, todo el contenido.

Cada prenda fue desplegada. Se revisaron los bolsillos y las costuras, se palparon los dobladillos. Se miró debajo de los cuellos. Pero nada extraño surgió de allí.

Luego se revisaron los zapatos. Miraron adentro, en los tacones… Nada.

Se abrieron todos los potes, todos los frascos, todos los pomos. El contenido de cada artículo de tocador y de cada maquillaje fue enviado al laboratorio para su análisis.

Es que el contenido de las maletas hacía pensar a Nettle en un viaje a un lugar cálido. Y un viaje a un lugar cálido realizado por una mujer que no tenía mucho dinero, hacía pensar en estupefacientes.

Muchas mujeres trabajaban como «mulas» traficando narcóticos a través de la frontera.

A Nettle se le ocurrió que aquella era una posibilidad. Y que, tal vez, la muerte de Doris estuviera relacionada —de algún modo— con el narcotráfico.

Luego de ver todo, a Nettle no le pareció que fuera el caso, pero como estaban las cosas, nada podía dejarse al azar.

Para terminar, una vez que todo el contenido fue revisado, Nettle se abocó a las maletas y el bolso de Doris.

Primero las palpó concienzudamente y, como no notó nada extraño, decidió ir más allá.

Porque su sexto sentido —desarrollado durante años de trabajar en homicidios— le decía que allí había algo.

Tomó su navaja suiza y comenzó a separar los forros de las cubiertas de las maletas.

Y entonces lo encontró.

Y se sorprendió, sí. Porque lo último que esperaba hallar escondido en el equipaje de Doris Gabereau era un billete de lotería.

***

Unos minutos después, ya sentado en su escritorio y con el billete en la mano, John Nettle comenzó a investigar.

Primero determinó que el billete que encontró escondido entre las pertenencias de la víctima fue comprado en Nueva York una semana antes.

Luego descubrió que ese billete ya había sido sorteado.

Pero lo determinante, lo que lo desconcertó por completo, fue que aquel billete de lotería era un billete ganador.

Y que el mismo día de su muerte, Doris Gabereau había ganado la nada despreciable suma de un millón de dólares.

Entonces, y de inmediato, John llamó a Hartfield, que en ese preciso momento estaba escuchando las explicaciones de Gilford acerca de en qué momento y de qué modo Doris pagaría su viaje a México.

—Dime, John —dijo Hartfield al contestar.

—¿Tú buscabas un motivo, colega? —le dijo Nettle apenas el inspector contestó la llamada—. Bien. Tengo un millón para ofrecerte. Escondido entre las pertenencias de la víctima, encontré un billete de lotería que resultó ganador de un millón de dólares.

Y el sorteo fue, precisamente, el día en que Doris murió. ¿Casualidad? No lo creo. Te sugiero que vengas para aquí con el reportero, pero ya.

—¿En serio? ¡Vaya! Enseguida estaremos allí.

Y así había sido.

A los quince minutos de cortar, Hartfield llegó al Departamento de Policía montado en su motocicleta y trayendo consigo a Clifton Gilford.

Lo habían encerrado en un cuarto de interrogatorios mientras Hartfield se ponía al corriente de lo ocurrido.

—Esto cambia todo el panorama —dijo Hartfield después de escuchar las explicaciones de Nettle—. Porque además de dar un motivo para que Gilford la matara, también lo abre para que quien la matara fuera Angie Dawson.

—¿La hermana? —preguntó Nettle algo sorprendido.

—No es muy probable, porque si el motivo fue el dinero, la hermana tuvo que haberse enterado del premio y venir de inmediato desde Nueva York —dijo Hartfield—. Pero como el sorteo fue al mediodía, es posible que Doris haya avisado del premio a su hermana y que ella hubiera volado desde Nueva York. El vuelo dura una hora y media, así que… ¿Por qué no averiguas más acerca de la señorita Dawson, John?

—¿Algo como una coartada?

—Así es. Y verifica en el aeropuerto de Burlington los vuelos que hubo desde y hacia Nueva York el día del homicidio. No dejemos ninguna pista sin seguir.

—Muy bien, jefe. Me pongo con ello.

—Yo, mientras tanto, interrogaré a Gilford —dijo el inspector—. Pero, por ahora, no le diré nada sobre el boleto ganador. Esa es una carta que nos guardaremos para nosotros. ¿Qué opinas?

—Que finalmente hemos encontrado la grieta por la que se filtrará la solución de este maldito caso.

—Te lo dije, viejo —sonrió Hartfield—. Te lo dije.

Capítulo 17

—Ya le he dicho todo cuanto me ha preguntado, inspector —dijo Gilford después de un buen rato de guardar silencio—. Pero usted no me ha explicado todavía por qué estoy aquí.

En la sala de interrogatorios el tiempo parecía detenido.

Como no tenía ventanas ni relojes, no se sabía si aún era de día o si la noche había caído. Y debido a los nervios por el interrogatorio, Clifton perdió por completo la noción del tiempo.

Era verdad. Lloyd aún no le había explicado al reportero por qué estaba allí. Ni tampoco le dijo que estaba arrestado.

Es que Hartfield buscaba ponerlo nervioso. Tensar su temple al punto de romperlo y ver si, de ese modo, lograba una confesión.

El inspector estaba convencido de que Gilford era el culpable. Tuvo la oportunidad, intentó desviar la investigación y pudo, en más de una ocasión, borrar pruebas. ¡Si hasta lo encontró arrodillado junto al cadáver! Y había ocultado información. Eso también.

Lo que a Hartfield lo hizo dudar fue la ausencia de un motivo. Pero ahora, con el hallazgo del boleto de lotería, las cosas cambiaban.

El problema era que no había nada concreto. Todo con Gilford era circunstancial.

Nadie lo vio asesinando a Doris Gabereau. Ni escapando de su cuarto. Ni discutiendo con ella. Nadie encontró una sola prueba en su contra. Y si Gilford había sido minucioso, no las encontrarían.

Porque Clifton no era tonto. Era reportero de policiales y sabía, seguramente, cómo deshacerse de las pruebas.

Así que, salvo que el reportero confesara, sería muy difícil condenarlo.

—¿Y usted que piensa, Gilford? —preguntó entonces Lloyd Hartfield—. ¿Por qué piensa que lo he traído aquí?

—No lo sé —dijo el reportero, quien, a esas alturas, ya estaba muy nervioso—. Supongo que algo nuevo ha sucedido. ¿No? Cuando más temprano vino a verme a la posada, usted me dijo que no iba a arrestarme. Pero luego de que lo llamaran por teléfono algo cambió. ¿No es así?

—Es así, tiene razón.

—¿Qué? ¿Qué fue lo que cambió?

Al inspector, Clifton Gilford no dejaba de sorprenderlo. Porque en esa última pregunta había un tono de desafío. Después de toda la presión a la que lo sometió, Gilford no terminaba de quebrarse. Había resultado un hueso duro de roer el muchacho.

—Lo que cambió, mi estimado señor Gilford, es que apareció un motivo.

—¿Un motivo? ¿Un motivo para qué? ¿Para que yo asesinara a Doris? ¡No me haga reír, inspector!

—No estoy bromeando.

—¿Y qué motivo puede ser ese? A ver, dígame.

—El más común de todos. Y el más vil: dinero. ¿Cuál otro?

Clifton Gilford se echó a reír. En un segundo recuperó la compostura y el temple que poco a poco había ido perdiendo. Volvió a sentirse confiado. Y se relajó.

—¿Dinero? —dijo entonces—. ¡Pero si Doris no tenía un centavo, inspector! Usted está dando palos de ciego, pero yo no le voy a permitir que los siga dando conmigo. Es suficiente.

A Hartfield le sorprendió el cambio de actitud en el reportero. Parecía genuinamente convencido de que Doris Gabereau era más pobre que una rata.

Si Gilford estaba fingiendo, era merecedor de un premio Óscar porque su actuación era muy convincente. Así que, en ese momento, el inspector se decidió a poner las cartas sobre la mesa y develarle a Gilford todo lo que sabía.

—Se equivoca, Clifton. —Hartfield se puso de pie. Entonces, de su bolsillo sacó el billete de lotería que se encontraba dentro de una bolsa plástica que protegía la evidencia y lo puso, con un golpe, sobre la mesa. Lo hizo con tanta furia que los vasos de café, ahora vacíos, se cayeron al piso.

—¿Qué es esto? —preguntó el reportero con evidentes signos de no comprender lo que Hartfield le mostraba.

—Esto es un billete de lotería ganador.

—No comprendo… ¿Qué tiene que ver esto conmigo?

—Con usted, no estoy seguro. Pero sí tiene que ver con su novia. Es que lo encontramos escondido entre las pertenencias de la víctima.

—Sigo sin comprender, inspector.

—Significa que Doris Gabereau sí tenía dinero, Gilford. Y lo obtuvo, justamente, el día en que murió. Ese boleto fue sorteado el mismo día en que Doris fue asesinada.

—Pero…

—Pero nada, Gilford. ¿Quién más que usted podía saber que Doris había ganado la lotería? Usted era la única persona a quien ella conocía en este lugar. ¡Ella tuvo que decirle que había ganado un millón de dólares!

—Ella no…

—¡Por eso lo encontré arrodillado junto al cadáver! —siguió presionando Hartfield—. ¡Usted buscaba el boleto para quedarse con la fortuna que ese mismo día había ganado su novia! Y como Gilbert Travis se negó a dejarlo colaborar y nos llamó de inmediato, usted no tuvo más alternativa que escabullirse en el cuarto y encontrar el billete. Pero no pudo hacerlo, porque justo llegamos nosotros y lo echamos todo a perder.

—¡Eso no es verdad, inspector! —gritó Clifton—. ¡Yo no maté a Doris! ¡Yo la amaba!

Hartfield comprendió que si en ese momento Clifton Gilford no había confesado el crimen, ya no lo haría.

Se tomó un minuto para pensar, para buscar un nuevo enfoque, una nueva estrategia.

Y entonces notó que el reportero estaba al borde del llanto.

Hartfield se restregó los ojos y volvió a sentarse.

—¿Estoy arrestado, inspector? —preguntó entonces Gilford.

—Sí, no tengo más alternativa que arrestarlo. Sobre todo porque tiene su pasaporte con usted.

—Bien. Supongo que entonces deberá leerme mis derechos. Y que yo deberé procurarme un abogado.

—Así es.

—Aunque usted no me haya leído mis derechos, inspector, yo ya los conozco. Recuerde que trabajo en policiales. Y es por eso que, a partir de ahora, ejerceré mi derecho a guardar silencio. Lléveme a una celda si quiere. Pero le sugiero que ya no pierda su tiempo preguntándome nada, porque sencillamente no le voy a responder.

Hartfield, cansado, asintió.

Luego se puso de pie y abandonó la sala de interrogatorios con la sensación de que aquella partida no la había ganado él.

Capítulo 18

Lloyd se reunió en su despacho con John Nettle. Deseaba cruzar impresiones de lo ocurrido con él.

No lograba comprender muy bien lo que había pasado, pero sentía que su cabezonería tenía algo que ver con el asunto.

Él estaba tan convencido de que Gilford era el culpable que lo sorprendió la posibilidad real de que no fuera el asesino.

Cuando él le mencionó a Gilford el asunto del billete, el periodista se había mostrado genuinamente sorprendido. Y el instinto de Hartfield le dijo que Gilford no mentía. Que de verdad no tenía conocimiento de la existencia del billete.

Y si no tenía conocimiento del billete, el motivo para el homicidio desaparecía.

Hartfield tenía la sensación de que otra vez estaban en cero.

—¿Tú le crees, John? —preguntó Hartfield—. ¿Crees que de verdad Gilford no sabía que Doris Gabereau había ganado la lotería?

—Sí, le creo —dijo Nettle—. Y eso nos lleva de vuelta a Angie Dawson.

—No puedo soltarlo. Aunque le crea, no puedo soltar a Gilford. Todo, absolutamente todo, apunta hacia él.

—Salvo que no hemos encontrado el arma homicida.

—¡Maldito caso!

—Oye. El viejo Travis está esperando en la sala 2.

—¿Gilbert Travis está aquí?

—Tú me pediste que lo cite, Lloyd. ¿Recuerdas? Esta mañana en la reunión me dijiste que lo citara para hablar sobre el tema de los ruidos en el cuarto de la víctima.

—Es verdad —dijo Hartfield—. Con todo este asunto, se me había olvidado.

—Lo imagino. Algo más. Estuve verificando algunos datos sobre Angie Dawson.

—¿Y?

—Hay algunas cosas interesantes. Llamativas, mejor dicho. Pero para confirmar algunos datos, necesito una orden judicial: quiero pedirle a la compañía de teléfonos un registro de las llamadas que ese día Angie Dawson recibió en su móvil.

—Cuenta con eso. Una vez que termine de hablar con Travis, me ocuparé de pedirla al juez. Pero dime por qué. ¿Qué piensas? ¿Encontraste algo?

—Estuve revisando el registro de llamadas del móvil de Doris Gabereau. Y resulta que el día del crimen hizo dos llamadas. Una a la línea área que tenía contratada para viajar a México. Me comuniqué con ellos y parece que averiguó para comprar otro pasaje. No pudo hacerlo, ya que el vuelo estaba completo, así que no sabemos para quién era el pasaje.

—Interesante —dijo Hartfield—. Pero si no lo mencionó en la aerolínea, será difícil saber de quién se trataba. ¿Y la segunda llamada? ¿A quién fue?

—A su hermana. A Angie Dawson. Lo que no pude determinar es si, efectivamente, habló con ella. Porque se trata de una llamada muy corta. Apenas de treinta segundos.

—Tiempo suficiente para dejar un mensaje de voz.

—Por eso quiero conseguir el registro de llamadas de Dawson. Y verificar si ella luego se comunicó con Doris a través del móvil. O si llamó a la posada.

—Bien, sigue con eso, John. Puede que obtengamos algunas respuestas y que se aclare un poco el panorama.

—Esperaré a tener la orden. Mientras tanto continuaré investigando, a ver si descubro algo más sobre Angie Dawson.

—¿Verificaste su coartada?

—Ella dice que estuvo todo el día trabajando en el hospital.

—Es enfermera, ¿no?

—Sí, así es.

—¿Has verificado si es cierto lo que dice?

—No he podido aún. En el departamento de personal del hospital donde trabaja ya no hay nadie. Lo haré mañana a primera hora, descuida.

—Bien. Y no olvides verificar los vuelos de ese día desde y hacia Nueva York. Quiero asegurarme de que la hermana no haya estado ese día por aquí.

—Descuida —dijo Nettle—. Y deja eso en mis manos.

—Bien. Yo, entonces, iré a conversar con Travis. Y de paso le preguntaré si recuerda alguna llamada para Doris Gabereau recibida en la posada el día del crimen. Ah··· y hazme un favor, John. Llama a mi esposa y avísale que cancele la cena con los Travis. Es evidente que ni Gilbert ni yo podremos asistir.

Capítulo 19

Gilbert Travis lucía algo cansado.

Tal vez fueran los años o, tal vez, el asunto del homicidio lo tenía a mal traer. La cuestión era que Hartfield lo notaba extraño, ojeroso, algo encorvado.

En esos pocos días el posadero parecía haber envejecido.

—¿Para qué me has citado aquí, Lloyd? —preguntó Gilbert apenas Hartfield entró en la sala de interrogatorios número 2—. Podríamos haber hablado de esto en la posada, ¿no crees? No me gusta estar aquí. Y creo que no es necesario.

—¿Hablar de qué? —Al inspector le llamó la atención que Travis dijera eso. Que él supiera, nadie le informó al anciano el motivo por el que había sido llamado a la estación de Policía.

—De lo que sea que quieras hablar —dijo Travis—. Estoy viejo y es tarde, Lloyd. Me siento realmente muy cansado. Estos días no han sido fáciles en la posada. Y no he logrado remover la mancha de sangre del baño: tendré que cambiar el maldito piso.

—Lo imagino —dijo Hartfield y se sentó frente a Travis—. Y espero no demorarme mucho. Pero necesito hablar contigo. Y necesito hacerlo aquí.

—Dime, entonces. No perdamos más tiempo.

—Necesito que me cuentes lo que escuchaste aquella noche cuando te levantaste.

—¿Te refieres a los ruidos en la habitación de Doris Gabereau?

—Exacto.

—No tengo mucho más para agregar, realmente. Todo lo que recuerdo se lo conté al sargento Nettle. Le dije que me levanté y, al pasar frente a la habitación de la señorita Gabereau, escuché que alguien tenía sexo allí. Eso es todo.

—El problema, Gilbert —dijo Hartfield—, es que a la hora que tú escuchaste los sonidos que mencionas, Doris Gabereau ya estaba muerta. Así que, o alguien mantenía relaciones sexuales en el dormitorio junto al cadáver o tú estás confundido, amigo. No veo más alternativas.

—Pues no sé qué decirte, Lloyd —contestó Travis y negó con la cabeza, al tiempo que se cruzaba de brazos—. Yo escuché lo que escuché.

—¿Pero no es posible que haya sido otro día? ¿O más temprano?

—No. Mira, Eleanor y yo cenamos temprano aquella noche porque yo estaba realmente cansado. Había ido al mercado y volví muy tarde y hecho pedazos. De hecho, la señorita Gabereau estaba allí. Mientras aún estábamos en el comedor, alguien llamó avisando que había un desperfecto en uno de los baños. Fui a ver de qué se trataba, pero los huéspedes de aquella habitación se estaban cambiando. Así que quedé en volver más tarde. Fui a mi cuarto y me tiré en la cama con la intención de levantarme en unos minutos, pero me quedé dormido.

—¿Y entonces? —insistió Hartfield—. ¿Qué ocurrió?

—Cuando desperté ya era muy tarde, de madrugada. Eli no estaba en la cama, así que me levanté para buscarla. Y entonces recordé el asunto del retrete. Temí que estuviera perdiendo agua y…

—¿Fuiste a revisar un desperfecto a esas horas? ¡Los huéspedes estarían durmiendo!

—No pensaba entrar al cuarto, Lloyd. No soy tan estúpido. Pero imagina una filtración de agua en una casa tan antigua como la posada: en un rato puede ser un completo desastre. Así que me levanté para cerciorarme de que no hubiera pérdidas importantes y con la intención de cerrar la llave de paso de agua. Fue entonces que pasé frente al dormitorio de la señorita Gabereau y escuché los ruidos.

—¿Pero cómo estás seguro que fue ese día?

—Porque al volver a mi cuarto me encontré con Eli —explicó Travis—. Le pregunté a dónde había ido. Y me dijo que a la cocina. Me contó que fue por un vaso de leche, que le costaba dormir y que suponía que había sido por el asunto del grito de la tarde. Se refería al grito que oyó mientras trabajaba en el jardín la tarde del día en que la muchacha fue asesinada. Es por esa conversación que estoy seguro. No fue antes, Lloyd, fue esa noche. La misma noche del homicidio.

—Pues tendremos que hacer más pericias, porque si a esa hora alguien estaba manteniendo relaciones sexuales en ese cuarto, no era la señorita Gabereau.

—No puedo ayudarte con eso.

—¿Sabes si pudo ingresar algún extraño?

—Como poder, claro que pudo ingresar un extraño. Pero no lo creo, Lloyd. La puerta estaba cerrada y la llave la tenía yo. Aunque siempre puede colarse alguien por la puerta trasera o por la ventana. Pero hubiera sido algo muy arriesgado. La posada estaba llena y cualquiera podría haber visto a alguien.

—¿Recuerdas algo más, Gilbert?

—Nada en lo que pueda ayudarte.

—Bien. Mañana iremos por las cosas de Clifton Gilford.

—¿Lo han arrestado?

Lloyd asintió.

—Siempre me pareció un muchacho algo extraño.

—No puedo hablar del asunto.

—Entiendo.

—Solo una pregunta —dijo el inspector—. ¿Sabes dónde están los palos de golf de Gilford?

—En las taquillas que tenemos en el club de golf. Tenemos reservadas unas cuantas para uso exclusivo de los huéspedes de la posada. La mayoría de nuestros clientes encuentran más cómodo dejar las cosas allí en lugar de andar cargando con las pesadas bolsas. ¿Quieres que los mande a buscar? Puedo enviar a uno de los jardineros si deseas.

—No, descuida. Iremos nosotros. Pero gracias por la oferta.

Travis asintió. Y luego ambos hombres guardaron silencio.

Gilbert Travis se frotó las manos. Y Lloyd meditó un momento más antes de decidirse a dejarlo ir. No tenía nada más que preguntarle.

Y sin embargo…

El asunto de los ruidos le molestaba mucho porque eso rompía con todas las teorías que él había imaginado sobre el caso.

No importaba. Tarde o temprano cada cosa terminaría ocupando su lugar.

—Puedes irte si lo deseas, Gilbert.

—Bien —dijo Travis. Y se puso de pie—. Me voy entonces. Y recuerda, si necesitas cualquier cosa, pásate por la posada y pídemela. Al haber ocurrido este desastre en mi posada, me siento responsable y me gustaría colaborar en lo que pueda.

El inspector asintió y luego, con un gesto de cabeza, saludó al anciano.

Algo no cuadraba.

Lloyd Hartfield lo sabía.

Pero no lograba descubrir qué.

Capítulo 20

El inspector Hartfield daba vueltas en su cama. Giraba hacia un lado y hacia otro sin encontrar una posición que le resultara cómoda para poder conciliar el sueño.

Hacía horas que se acostó, pero no había logrado pegar un ojo. Una y otra vez intentaba dar con la idea que lo atormentaba. Él sabía que estaba pasando algo por alto. Pero no lograba ver de qué se trataba.

Era como si tuviera una palabra en la punta de la lengua. Una idea esquiva cuya sombra alcanzaba a intuir, pero que no lograba atrapar para verla claramente.

Harto de permanecer despierto en la cama, decidió levantarse. Su esposa, Gwyneth, algo preocupada, se arrodilló sobre el colchón y lo abrazó por detrás.

—¿Qué ocurre, cariño? —le preguntó a su esposo—. No has pegado un ojo en toda la noche. Y, por supuesto, tampoco lo he pegado yo. ¿Qué te preocupa?

—Lo siento, nena —dijo él. Luego le tomó una mano y la besó—. Es este maldito caso, ¿sabes? No logro ver la situación con claridad. Algo no cuadra, pero no logro descifrar de qué se trata.

—¿Quieres contarme?

Lloyd estuvo a punto de hablar con su esposa, de contarle todo. Tal vez con un enfoque diferente pudiera descubrir lo que se le escapaba.

Pero no lo hizo.

Por un lado, no era ético hablar del caso con personas que no pertenecieran al cuerpo de Policía. Y aunque Gwyneth era su esposa, seguía sin ser una policía.

Por otro lado, estaba el asunto de la amistad que su esposa mantenía con Eleanor Travis. No quería que se mezclaran las cosas ni que se filtrara información importante.

Así que Lloyd se limitó a sonreír y luego se levantó de la cama.

Después se bañó, se vistió, tomó un café y, finalmente, salió a dar un paseo en su moto.

Aquello siempre lo ayudaba a pensar.

***

El sol, que recién asomaba en el horizonte, comenzó a levantar el rocío que durante la noche había humedecido el césped, y entonces todo se cubrió de una niebla leve.

Lloyd circulaba por las carreteras que atravesaban los prados disfrutando de ese paisaje que resultaba a veces mágico, a veces fantasmal, pero siempre onírico, y pensaba en el caso.

Mientras el frío de la mañana le golpeaba el rostro, Hartfield comprendió que lo que le molestaba se relacionaba con Clifton Gilford.

Todo lo que habían podido averiguar hasta ese momento apuntaba en dirección al reportero. Todo. Por eso lo arrestaron, claro.

Pero…

Hartfield no era un novato y, además, poseía instinto. Un instinto que había ido desarrollando en el transcurso de los años. Y en todo ese tiempo había aprendido a confiar en él, pues en más de una ocasión lo guio en la dirección correcta.

Pero ahora, precisamente, era ese mismo instinto el que lo alejaba de Clifton Gilford.

Algo no cuadraba.

Hartfield estaba convencido de que el reportero no había matado a Doris Gabereau. Pero no sabía por qué sentía eso. Y que él lo sintiera no convencería a nadie de liberarlo.

Además, el inspector no tenía nada que aportar al asunto más que su palabra.

Tampoco podía hablar con Nettle al respecto. Al menos no hasta saber qué era exactamente lo que le molestaba.

Fue en ese preciso instante que algo captó su atención.

Al borde del camino, justo en el límite del pueblo, un cartel amarillo y enorme se elevaba frente a él.

«USTED ESTÁ DEJANDO STOWE
LE DESEAMOS UN BUEN VIAJE
CONDUZCA CON CUIDADO Y REGRESE PRONTO»

Y entonces, justo en ese momento, Hartfield comprendió qué era lo que le molestaba.

¿Por qué se quedaría Clifton en el pueblo después del asesinato?

Alguien podría argumentar que el periodista necesitaba encontrar el boleto antes de irse, claro.

Pero eso implicaba que él sabía que Doris era la última ganadora de un millón de dólares. Y Hartfield estaba convencido de que Gilford no tenía ni idea del asunto.

Si uno tuviera que elegir entre escapar de la justicia y encontrar un boleto de lotería de un millón de dólares, ¿qué opción tomaría?

Sobre todo después de haber sido atrapado junto al cadáver, sin poder explicar por qué, al poco tiempo de haberse descubierto el homicidio.

Lloyd le había pedido a Gilford que no abandonara el pueblo. Sí. Pero Clifton llevaba su pasaporte con él. Y tenía reservado un vuelo a México. ¿Por qué demonios no se había largado?

«Porque es inocente», pensó el inspector.

Claro, aquel era un argumento débil como para liberar a Gilford, pero era suficiente para que Lloyd Hartfield se concentrara en otra línea de investigación. Y como todavía el arresto de Gilford no había sido informado a ninguna autoridad judicial, Lloyd Hartfield estaba a tiempo de corregir el rumbo del caso.

Así que investigar en otra dirección no dañaría a nadie.

Los rayos del sol se filtraban ya entre las copas de los árboles que se elevaban a la vera del camino, iluminando el asfalto de la carretera.

Hartfield dio la vuelta y, con las cosas algo más claras, se dirigió a la estación.

Tenía mucho trabajo por hacer.

Capítulo 21

Un minuto después de que el inspector Lloyd Hartfield entrara a su despacho, John Nettle, sin tocar la puerta, ingresó en la oficina antes de que su jefe le permitiera pasar.

—Buenos días —dijo Nettle y se acomodó en una silla frente al inspector—. Te ves como una patada en el trasero, amigo. ¿Lograste descansar algo? Porque yo no.

—¿Por qué no? —preguntó Hartfield sin responder la pregunta de Nettle ni acusar el golpe sobre su aspecto.

Lloyd no era un sujeto vanidoso. Además, la observación de Nettle era acertada. Entre la falta de sueño y su paseo en moto al amanecer, seguro no lucía con un aspecto muy cuidado que digamos.

—He pasado toda la noche intentando conseguir que de la compañía de teléfonos de Angie Dawson me den la información sobre la llamada que hizo Doris —explicó el sargento—. Pero no lo consigo. Los bastardos me dicen que sin una orden no me darán nada.

—¿No la han enviado aún? —Hartfield sonaba molesto—. La pedí anoche, antes de ir a casa. ¡Malditos burócratas!

—Lo sé —dijo Nettle—. Pero no perdía nada intentando conseguirla. Deseaba ganar tiempo.

—Ahora mismo la reclamaré. —Lloyd tomó el teléfono, hizo

una llamada, y luego de gritarle a alguien, cortó—. La enviarán en una hora. ¿Qué más?

—Me he comunicado con la aerolínea por la que iba a viajar Doris a Cancún para verificar si Angie Dawson tenía reservado un pasaje a México.

—Creí que eso lo habíamos revisado ayer.

—Lo habíamos hecho, claro. Pero solo verificamos el vuelo en el que iba a viajar Doris Gabereau. Así que decidí ampliar la búsqueda para todos los vuelos que salían hacia ese destino esta semana. Y revisé todas las aerolíneas.

—Bien pensado.

—Soy un genio, lo sé.

—Tampoco exageres. —Lloyd sonrió—. ¿Obtuviste algo?

—A que no adivinas quién tiene reservado un vuelo a Cancún para la semana próxima.

—Angie Dawson.

—¡Bingo! —exclamó Nettle—. Creo que deberíamos hablar con la señorita Dawson lo antes posible.

Lloyd, algo más animado de lo que estuvo en varios días, asintió.

Ahí aparecía la otra línea de investigación que buscaba.

De todos modos, que Angie Dawson tuviera reservado un vuelo a México no la convertía en asesina.

Pero…

Y a Lloyd Hartfield le molestaba mucho los peros.

Lo bueno era que ni siquiera había tenido que hablar con John Nettle sobre buscar otra línea de investigación. Era evidente que ambos hombres se entendían muy bien trabajando juntos, y con cada cosa que el sargento hacía, se lo demostraba más.

—No te rías por lo que te voy a decir —dijo Nettle—, pero creo que Gilford no tiene nada que ver con este asunto, Lloyd.

Lloyd sonrió. Evidentemente, sí trabajaban muy bien juntos. Casi podría decirse que pensaban igual.

—Te pedí que no te rieras —dijo Nettle algo molesto—. Me haces sentir un idiota.

—No me río de ti.

—¿Entonces?

—Que si hubiera hablado contigo anoche, a lo mejor hubiera logrado conciliar el sueño. Por unas horas al menos. Y ahora no me sentiría como si me hubiera arrollado un tren.

Nettle no entendió a qué se refería Hartfield con aquella frase, así que decidió ignorarla.

—Ya hemos enviado a un par de hombres para que traigan los palos de golf de Gilford. No bien los tengamos aquí los mandaré a analizar, pero te apuesto a que no hallaremos nada de nada.

—¿Algo más?

—No. Solo debo hacer un par de llamadas al hospital donde trabaja Angie para confirmar su coartada.

—Entonces me voy a casa un rato —dijo Lloyd—. Necesito dormir un par de horas. Llámame apenas sepas algo de los palos o de la coartada.

—Entendido.

Lloyd abandonó su despacho y volvió a su casa con la certeza de que ahora estaban en buen camino.

Y de que el sargento John Nettle se merecía un ascenso.

Capítulo 22

Hartfield ingresó a la zona de los calabozos: necesitaba ver a Clifton Gilford.

El reportero, algo demacrado y con la barba que ya comenzaba a crecer y a oscurecer sus facciones, se encontraba en su celda, tendido sobre el catre duro y con los ojos cerrados.

—¿Duermes? —preguntó Lloyd por cortesía. El inspector sabía perfectamente que estaba despierto.

—Sí —le respondió Gilford sin abrir los ojos y con la voz rasposa por no haber hablado con nadie en mucho tiempo.

Hartfield se quedó en silencio junto a la reja.

—¿Qué quiere? —preguntó Gilford al fin, pero sin abrir los ojos.

—Hablar con usted —dijo Hartfield y metió la llave de la celda en la cerradura—. Voy a dejar que se vaya.

—¿Y eso por qué? —El reportero abrió los ojos y se sentó. Lo que más deseaba era largarse de ahí y de ese pueblo, pero desconfiaba de la generosidad del inspector. Sentía que le estaban tendiendo una trampa.

—Porque no puedo retenerlo más tiempo sin informar al juez. —Hartfield tiró de la puerta corrediza de la celda y dejó libre el espacio para que Gilford pudiera salir—. Póngase los zapatos y venga conmigo.

Clifton se apresuró a calzarse, se puso de pie, salió de la celda y, todavía algo desconfiado, siguió a Hartfield, que avanzaba por el corredor.

El inspector llevó a Gilford a su despacho, con un gesto lo invitó a tomar asiento y luego cerró la puerta.

—¿Probaron que soy inocente? —preguntó el reportero con algo de amargura en la voz.

—No. Pero no podemos probar que sea culpable. Así que…

—No pueden probarlo porque yo no maté a Doris.

—Lo sé.

—¿Lo sabe? —Clifton sonaba sorprendido—. ¿Y entonces por qué demonios me encerró?

—Porque todo apunta a usted, Gilford. ¿Por qué va a ser? No podía dejarlo ir. No importa lo que yo crea en mi fuero íntimo.

—¿Y qué cambió?

—Hemos terminado de revisar sus pertenencias —explicó Hartfield—, los palos de golf incluidos. Ni el *driver* ni ningún otro palo tienen restos de sangre ni de material biológico humano. En fin, no hallamos nada que demuestre que usted asesinó a Doris Gabereau. Los peritos están bastante seguros de que no fue su *driver* el que mató a Doris, así que…

—¿Y no pude matarla con otro *driver*?

—Claro que pudo —dijo Hartfield algo asombrado de que Gilford argumentara en contra de sus propios intereses—. Pero no puedo probarlo. Y, además, yo creo que no lo hizo. Suelo confiar en mis instintos. Y, precisamente, son mis instintos los que me envían en otra dirección.

—¿Y cuál es esa dirección? Si puedo saberlo, claro.

—No importa.

—¿Y entonces?

—Entonces, como todo lo que apunta en su dirección es circunstancial y como yo personalmente creo que usted es inocente, le permitiré que se vaya.

—¿Y eso es todo?

—No.

—Siempre hay una trampa, ¿verdad?

—No creo que lo que voy a proponerle sea una trampa.

—Cuénteme y yo decidiré si lo es.

—Usted amaba a Doris Gabereau, ¿no es cierto?

Clifton no dijo nada, pero asintió notablemente conmovido.

—Entonces asumo que no tendrá reparos en colaborar con nosotros.

Gilford se sorprendió.

—¿Colaborar? —dijo después de un segundo de confusión—. ¿Colaborar cómo? Ya les he dicho todo lo que…

—No es a esa clase de colaboración a la que me refiero.

—¿Entonces? —Con cada palabra que decía Hartfield, Gilford entendía menos.

—Usted es reportero de policiales, ¿no es verdad? Pues haga su trabajo entonces. Mézclese con la gente, escuche lo que dicen, averigüe. En fin, ayúdenos. Investigue para nosotros.

—No creo que en el periódico…

—Ya he llamado a su jefe —dijo Hartfield—. Le he explicado que, si le permite cubrir esta historia, ustedes tendrán la exclusiva. Y le he pedido que cubran sus gastos en la posada por el tiempo que haga falta.

—¿Y los Travis están de acuerdo con que me quede allí?

—No se opondrán a tener un cliente que pague por adelantado una estadía que puede ser prolongada. —Lloyd sonrió—. Con el asunto del homicidio, la mitad de los huéspedes se fueron antes. Y se han caído todas las reservas que tenían para los próximos quince días. Honestamente, no creo que en este momento los Travis estén en condiciones económicas de rechazar huéspedes, así que…

—Veo que lo tiene todo pensado.

—Así es.

—¿Estoy obligado a hacerlo?

—No.

Clifton lo meditó un minuto. La verdad, no tenía ninguna intención de hacerle un favor a Hartfield.

A fin de cuentas, él era quien lo encerró. Pero, por otro lado, tal vez esa fuera su oportunidad de ayudar a descubrir quién había asesinado a Doris. Y era, también, la oportunidad de salvar su empleo: nadie querría contratar a un sujeto acusado de homicidio.

No importaba que lo hubieran liberado. La marca quedaría. Pero si lograba descubrir quién mató a Doris, las cosas cambiarían para él.

Y mucho mejor si lo hacía con la primera exclusiva de su carrera.

—Muy bien —dijo al fin—. Lo haré. Pero que conste que no lo hago por usted.

Hartfield asintió.

—Lo sé. No importa por qué o por quién lo haga, mientras se comprometa con esto y nos ayude.

—¿Y ahora? —preguntó el reportero.

—Ahora le devuelvo sus cosas, le consigo un taxi y hablo con Eleanor Travis para que le prepare un cuarto.

—¿Y luego?

—Luego investigue, Clifton. Y cualquier cosa que descubra, me llama. No lo olvide: ahora trabaja para mí.

Capítulo 23

El sargento John Nettle abrió la puerta del despacho de Hartfield sin tocar.

—¿Alguna vez golpearás esa puerta antes de entrar, John? —preguntó el inspector mientras guardaba unos documentos en una carpeta.

—Tal vez —dijo Nettle—. Pero como estoy seguro de que no tienes nada que ocultar, ni me molesto.

—Un día de estos voy a sorprenderte —le contestó el inspector, que se puso de pie y se acercó a Nettle—. ¿Qué quieres?

—Me voy con un equipo a revisar todos los palos de golf que quedan en el club. ¿Vienes con nosotros?

—¿No los revisaron aún? —preguntó Hartfield—. Si ya me dieron el informe de los palos de Gilford.

—Ocurre que, por pedido mío, solo retiraron los del reportero. Les pedí a los del laboratorio que les dieran prioridad para así definir su situación. Pero los demás no los hemos revisado aún y debemos hacerlo lo antes posible.

—Bien pensado.

—¿Vienes o vienes?

—Claro que voy —dijo el inspector tomando su chaqueta para, seguido de John Nettle, abandonar la estación de Policía.

***

Las instalaciones del Stowe Country Club se elevaban entre el verde infinito de las suaves lomas del *green*.

La casa club, construida en madera blanca y con los techos de pizarra, sobresalía como un diamante entre un conjunto de esmeraldas.

La policía detuvo sus vehículos en el estacionamiento que se encontraba a unos metros de la casa club y comenzaron a bajar los equipos, pero sin acercarse al edificio. Esperaron las órdenes de Hartfield.

El inspector bajó de su vehículo —en esta ocasión Lloyd había viajado en el auto con Nettle. No le pareció apropiado llegar al campo de golf en su motocicleta— y se dirigió al interior del edificio para conversar con el encargado.

—Traigo una orden judicial para revisar todos los palos de golf que se encuentran almacenados aquí —le dijo al sujeto y le extendió el documento para que fuera revisado a gusto.

—Le advierto que les llevará un buen tiempo revisar todo —dijo el hombre y le devolvió el papel al inspector—. Tenemos en depósito más de doscientas bolsas. Hay algunos miembros del club que las dejan aquí todo el año y hay muchas nuestras que alquilamos a los turistas que no traen sus propios palos.

—No es problema —dijo Hartfield—. He traído un buen número de colaboradores. Además, no tenemos nada mejor que hacer hoy. Así que el tiempo que nos tome no es relevante. Y mucho menos para usted. ¿No es así?

—Venga por aquí entonces —dijo el encargado al quedarse sin argumentos—. Las taquillas están atrás.

Hartfield siguió al encargado mientras, desde su móvil, enviaba un mensaje a Nettle para que ordenara al equipo que lo acompañaba entrar en la casa club.

***

Un enjambre de policías entró en los vestuarios y comenzó a abrir las taquillas y a revisar, una a una, las bolsas que encontraba.

Nettle llevaba un control exhaustivo para registrar debidamente de quién era la taquilla que se abría y las características de la bolsa examinada.

Registraban marca y modelo de los palos y fotografiaban cada uno de los equipos hallados. No fuera cosa que encontraran el arma homicida, pero no lograran dar con el dueño.

Tampoco quería que nadie los acusara de haber dañado o, peor aún, hurtado algo.

El trabajo fue largo y, por momentos, algo confuso. Sin embargo, para el final del día, los oficiales de Policía lograron revisar todos los equipos y llevar el registro de manera impecable sin haber causado un solo daño.

El problema fue que en ninguna de aquellas bolsas hallaron lo que buscaban.

Ninguno de los palos tenía restos de sangre.

La mayoría, de hecho, no parecía haber sido usados en mucho tiempo. Y los que sí, se notaba que no habían sido limpiados. Algunos, incluso, conservaban rastros de tierra o de césped. Pero ninguno tenía sangre. Al menos, no a la vista.

Cuando oscureció, y con todas las bolsas catalogadas, uno de los peritos del laboratorio forense se acercó con una lámpara portátil de luz ultravioleta y expuso a aquella luz a todos los palos y también a las bolsas.

Después de esa revisión exhaustiva, el inspector Hartfield llegó a la conclusión de que allí no encontrarían el arma homicida: ninguno de los palos que fueron expuestos a la luz ultravioleta reveló manchas de sangre ni de ningún otro fluido.

—Esto ha sido una pérdida de tiempo —dijo Nettle.

—No lo fue —replicó el inspector—. Esto había que hacerlo. Y, además, hemos dado un mensaje. Estamos dispuestos a dar vuelta a este maldito pueblo si hace falta, pero buscaremos en todos lados. Nosotros siempre lo supimos.

Y el asesino también lo sabe ahora.

Capítulo 24

Clifton Gilford, sentado en una solitaria mesa de la posada, comía muy despacio la cena que habían preparado para él aquella noche.

Y sí, la cena era solo para él. Porque a esas alturas, el reportero era el único huésped de la posada.

Eleanor Travis lo observa desde la cocina y siente algo de pena al verlo tan solo y triste. A fin de cuentas, era su novia a la que habían asesinado. Así que, con la excusa de ofrecerle una copa de vino, se acercó hasta su mesa.

—¿Cómo está el pollo, señor Gilford? —le preguntó mientras volvía a llenar de vino tinto la copa del reportero, que ya se encontraba vacía.

—Muy bueno, señora Travis —dijo Clifton y sonrió—. Crujiente por fuera y bien jugoso por dentro. Perfecto.

—Me alegra que le guste. Después de todo, lo hemos preparado solo para usted.

Clifton sonrió y, con un gesto de su mano, invitó a Eleanor a sentarse.

—Es que odio comer solo —explicó mientras se levantaba de la mesa en busca de una copa para Eleanor. Luego volvió a sentarse y él mismo llenó de vino la copa de la anciana.

—Usted no tendría que hacer esto, señor Gilford —dijo Eleanor algo avergonzada—. Es un huésped de la posada.

Nosotros debemos servirlo a usted.

—Hace tanto tiempo que estoy aquí, y han pasado tantas cosas, que casi me siento parte del mobiliario, señora Travis —dijo Clifton y sonrió esta vez con una pizca de amargura—. De hecho, si me despiden del periódico, puedo conseguir empleo aquí. A fin de cuentas, ya sé cómo funciona todo.

Eleanor rio. Y su risa sonó extraña en aquel lugar tan grande y, ahora, tan solitario. Fue como un sonido fuera de lugar. Y por eso la mujer lo reprimió de inmediato.

—Además —continuó Gilford—, servirle una copa a una dama hace que me sienta un poco más normal. Y algo menos solo. Así que le ruego que me lo permita.

La señora Travis asintió y luego levantó la copa, la hizo girar, olió el aroma que despedía la bebida y, finalmente, bebió un sorbo de vino.

—¿Lloyd Hartfield aún no le permite volver a Nueva York? —preguntó Eleanor como buscando algo de conversación.

Pero Clifton sabía que no se trataba de una pregunta inocente.

Su presencia en el pueblo comenzaba a poner nerviosas a algunas personas y, aunque la señora Travis era demasiado amable como para hacerlo sentir incómodo, el reportero sabía que su estancia no era muy grata. Y que, probablemente, lo culparan por la falta de huéspedes en el lugar.

Lo que no comprendía era por qué rayos no le pedían que se fuera.

Para evitar suspicacias, Hartfield y Gilford acordaron no informar a nadie que colaboraría con la policía. Por las mismas razones decidieron ocultar que Gilford cubriría la exclusiva para el periódico en el que trabajaba.

La excusa para permanecer en el pueblo fue que Hartfield no permitía que se fuera porque necesitaba mantener cerca a alguien que conociera a la víctima.

Para cubrir el rastro, el periódico decidió depositar el importe de los gastos en la cuenta personal del reportero, y para los Travis era el propio Gilford, y no el periódico, quien pagaba las facturas.

Así que, con esa fachada, Clifton podía hacer algunas preguntas sin que nadie creyera que se buscaba un culpable. Lo que Clifton quería era limpiar su nombre. Y eso era tolerable para la gente de Stowe.

Apenas.

Pero tolerable al fin.

Ni Hartfield ni Gilford sabían por cuánto tiempo podrían mantener esa fachada, pero por el momento servía.

—No —dijo Clifton respondiendo la pregunta de Eleanor—. Hartfield está esperando que le envíen los resultados de unas pruebas que ha realizado para decidir si puedo volver a casa o no. Además tengo que esperar a Angie, la hermana de Doris. Ella vendrá pronto a reconocer el cuerpo y a hacer los trámites pertinentes para el traslado a Nueva York. Y no me gustaría dejarla sola con todo el asunto.

Patrañas. Puras patrañas. Pero Eleanor no lo sabía y, al menos, servían para mantener la fachada.

Además, una cosa sí era cierta: Angie llegaría en algún momento para ocuparse del traslado del cuerpo a Nueva York.

—Esta tragedia de la señorita Gabereau —se lamentó Eleanor Travis— ha sido tremenda para todos. No quiero decir que haya sido peor para nosotros que para usted, desde ya, pero nos ha afectado mucho.

—Lo imagino, señora Travis —dijo Clifton—, ha sido un golpe para ustedes también. Por qué negarlo. Nunca es agradable que tu casa sea una escena del crimen.

—Ni que lo diga. —Eleanor bebió el vino que le quedaba en su copa y Clifton le sirvió un poco más antes que la mujer pudiera negarse—. Y encima la publicidad del homicidio no ha ayudado a nuestras finanzas, que ya estaban bastante complicadas.

El alcohol podía ser útil para soltar la lengua de la mujer. A Gilford le agradaba la señora Travis, y como sabía que todo el mundo conversaba con ella, tal vez Eleanor podría aportar algún dato que él desconociera.

Tal vez alguien le hubiera dicho algo.

Además, la señora Travis nunca había hablado de dinero hasta ahora. Y el dinero parecía haber sido el motivo del homicidio de Doris, ¿no?

—¿Se han cancelado muchas reservas, señora Travis?
—Clifton debía tener cuidado. Cuando el tema era el dinero, siempre se caminaba sobre hielo quebradizo.

—Algunas —dijo ella y bebió—. Más que algunas, realmente. Y la situación se está tornando crítica. Honestamente, si pierdo este lugar, no sé qué haré, señor Gilford. Es todo lo que tengo. Esta posada es mi vida entera.

—Pero seguramente podrán afrontar una mala temporada.

—Es que no ha sido «una» mala temporada —explicó la mujer con tristeza—. Han sido varias, ¿sabe? Y este asunto me preocupa hace mucho. Supongo que por eso me asusté tanto aquella tarde cuando la señorita Gabereau gritó. Es que yo estaba absorta en mis cosas, pensando en cómo resolver los problemas que nos aquejan hace tiempo y buscando el modo de no despedir a nadie del personal. Entonces escuché aquel grito y me llevé un buen susto. El susto de mi vida, le diría.

—Yo no estaba aquí esa tarde —respondió Gilford con cautela, intentando ver si Eleanor Travis decía algo más—. Desearía mucho haber estado, ¿sabe? Al menos hubiera compartido aquel día con ella. Me gustaría mucho saber qué hizo, qué dijo. Si estaba feliz.

—Pues no es mucho lo que yo puedo decirle: la vi un instante cuando me acerqué a su cuarto. Y luego en la cena.

—¿Recuerda a qué hora la vio en la tarde?

—Bueno… —dijo ella intentando recordar—. Serían alrededor de las dos o las dos y media. Fue después de almorzar, aunque no mucho más tarde. Sí, creo que fue cerca de las dos.

Clifton se aseguró de recordar muy bien lo que la señora

Travis le había dicho, pero como no quería perder ningún detalle, buscó el modo de retirarse para poner todo aquello por escrito de inmediato, y después informar a Hartfield. No sabía si aquello sería útil, pero, por las dudas, quería avisarle.

—Creo que es algo tarde, señora Travis —dijo él y puso la servilleta, que había mantenido sobre su regazo, en la mesa junto al plato, que ahora solo contenía un par de vegetales mustios—. Creo que me retiraré a descansar. No se ofende, ¿verdad?

—Claro que no. He pasado un momento muy agradable con usted. Y ahora yo también me iré a descansar. Nunca bebo, y creo que el vino se me ha subido un poco.

—Tonterías —dijo Clifton con galantería—. Gracias por la compañía, señora Travis. Hasta mañana.

El reportero se retiró del comedor en dirección a su cuarto.

Tenía un informe para redactar.

Capítulo 25

Mientras Clifton Gilford se retiraba a su cuarto para preparar el informe, el inspector Lloyd Hartfield, en su despacho de la estación de Policía, acomodaba unos documentos en un cajón que cerró con llave justo antes de ponerse de pie para irse a casa.

El día había sido largo. Y en el Departamento de Policía de Stowe tuvieron que lidiar con los medios locales, que aquella mañana publicaron un artículo informando sobre el operativo en el que habían revisado cientos de palos de golf sin obtener resultado alguno.

La nota publicada era bastante mal intencionada y dejaba en un lugar desagradable a la Policía local.

Casi que los ponía en ridículo.

Hartfield estaba acostumbrado a enfrentarse a aquellas tonterías, pero si bien sabía que no eran importantes, le molestaban mucho y le quitaban tiempo para ocuparse de lo que tenía que ocuparse realmente: resolver un asesinato y atrapar a los culpables.

El inspector estaba a punto de salir de su despacho cuando Connors, uno de sus subordinados, tocó la puerta.

—Alguien quiere verlo, inspector —dijo el policía desde el umbral.

—Si es un reportero, dile que vuelva mañana. Hoy no estoy de humor para…

—No es un reportero, jefe —lo interrumpió Connors—. Es un sujeto que dice tener información sobre los palos de golf.

—A los locos también los atenderé mañana. Por hoy he tenido suficiente. Me voy a casa.

—Creo que debería atender a este hombre, jefe.

Algo en la expresión del policía le dijo a Hartfield que tal vez el asunto sí era importante.

Así que, a pesar de estar agotado y fastidiado, decidió darle una oportunidad a quien quiera que fuese.

—Dile que pase, entonces —dijo mientras volvía a encender la lámpara de su escritorio y se sacaba la chaqueta—. Y si resulta que esto es una tontería, harás guardia los fines de semana hasta que te jubiles, Connors. ¿Está claro?

—Sí, jefe. —Connors sonrió y se alejó del despacho en busca del sujeto que deseaba hablar con el inspector.

A los pocos minutos, el uniformado volvió acompañado de un hombre latino, no muy alto, que sostenía una boina y la retorcía nervioso a la altura de los muslos.

—Señor Medina —dijo Connors dirigiéndose al sujeto—. Él es el inspector Hartfield. Creo que debería contarle a él lo que me ha dicho a mí.

Medina asintió y miró a Hartfield.

El inspector se acercó a la puerta y, con un gesto, invitó al hombre a pasar y a sentarse.

Luego rodeó su escritorio y tomó asiento.

—Usted dirá, señor Medina. Lo escucho.

—Yo trabajo en el club de golf, inspector —dijo el hombre. Al hablar tartamudeaba un poco y se miraba las manos—. Soy *caddie* allí hace varios años y…

Hartfield notó que Medina no se decidía a continuar. El inspector comprendía que el *caddie* estaba nervioso y que tenía miedo y, por eso, su forma de ayudarlo a continuar fue guardar silencio y dejar que el hombre hablara a su modo y a su tiempo.

Sin presionarlo. Sin apurarlo de ningún modo.

—Hoy leí en el periódico que ustedes estuvieron revisando unos palos en el club —dijo al fin Medina—. Que buscaban el palo con el que mataron a la chica. ¿No es así?

—Sí —admitió Lloyd Hartfield, con cautela, porque en ese instante notó que Medina tenía algo real. Algo concreto para decir. Y que la información sería buena. No había pasado en vano tantos años en el cuerpo. Lloyd Hartfield sabía distinguir perfectamente quién tenía información y quién era un fraude. Y Medina no lo era—. Sí, es correcto.

—Es que yo creo que sé dónde puede estar el palo que buscan.

—¿A qué se refiere?

—Hoy en la mañana, bien temprano, y como todas las mañanas desde hace diez años, antes de que los socios del club comiencen a llegar y a invadir el *green*, salí a revisar el estado del campo. Me gusta poder contarles cómo está el terreno, si hay obstáculos… En fin, estoy para facilitarles las cosas. Para eso me pagan y yo…

—¿Qué pasó esta mañana, señor Medina? —preguntó Lloyd intentando enfocarse en lo que el *caddie* tenía para contarle, obviando detalles intrascendentes.

—Fue a la altura del hoyo catorce —dijo el hombre—. Cerca de allí hay un pequeño montecito formado de zarzas espinosas y algunas coníferas. Normalmente reviso ese sitio para asegurarme de que no haya nada que pueda complicar las cosas. Al acercarme, noté que la tierra había sido removida y eso llamó mi atención.

—¿Y qué sucedió?

—Metí la mano porque parecía haber algo allí, algo que brillaba. Y entonces noté que alguien había enterrado un palo de golf —dijo Medina y soltó el aire como si acabara de sacarse un enorme peso de encima—. Bueno, enterrar es una manera de decir. En realidad, estaba apenas sumergido en la tierra suelta y lo taparon con hojas muertas, como para disimular.

—¡Tuvo mucha suerte! —dijo Lloyd. Él suponía que el *caddie* decía la verdad, y que no había sido él quien enterró el palo porque, de haberlo hecho, no iba a venir a contárselo, precisamente, al inspector encargado del caso—. Imagino que no cualquiera lo hubiera encontrado.

—No. No cualquiera, pero cualquier *caddie* que conozca el campo como yo lo conozco lo hubiera visto. La verdad es que quien escondió el palo allí lo hizo torpemente, como si estuviera apurado.

—¿Sabe usted de qué palo se trata, señor Medina?

—No, no en realidad. Solo pude ver la varilla y la empuñadura, ¿sabe? Y no me animé a sacarlo de allí. No quise tocarlo. Luego, cuando vi el periódico, me alegré de no haberlo hecho.

—¿Entonces el palo sigue allí? —preguntó Lloyd con incredulidad. ¡Por fin la suerte se ponía de su lado! Si nadie había tocado el palo, y si efectivamente se trataba del arma homicida, tal vez fuera posible encontrar algunas pistas. Algunas huellas, por ejemplo.

—Claro que sigue allí. Al menos yo no lo he sacado ni le he dicho a nadie que lo he encontrado en ese lugar, inspector.

—Ha sido de gran ayuda, señor Medina —dijo el inspector mientras se ponía de pie para dar por terminada la entrevista—. ¿Podría acompañarnos al sitio donde lo encontraron?

—Claro, pero tendremos que esperar a mañana. Es que no hay luz en esa zona del campo.

—De ninguna manera esperaremos a mañana —replicó Lloyd y tomó el teléfono—. De la luz no se preocupe, que nos encargamos nosotros.

***

Treinta minutos después un grupo de hombres, entre los que se encontraba el sargento John Nettle, se reunió en la puerta de la estación de Policía.

—¿Pero crees que nos dejen entrar, Lloyd? —preguntó Nettle mientras Connors subía a una de las camionetas un enorme reflector.

—La orden judicial nos permite revisar cualquier lugar del club de golf, así que no veo por qué no.

Los policías ocuparon varias patrullas, mientras que Nettle, Lloyd y Medina se acomodaron en un auto particular que encabezaba la comitiva y, luego de coordinar el operativo por la radio, se dirigieron al club.

Capítulo 26

El guardia de seguridad que vigilaba la puerta de entrada del club de golf no parecía muy contento de ver a Hartfield y a los demás.

Y, dicho sea de paso, tampoco se mostraba muy colaborador.

No le importaba lo que Hartfield intentaba explicarle. Ni siquiera le importaba la orden que le mostraban. Él se negaba rotundamente a dejar entrar al grupo a aquellas altas horas de la noche.

Hartfield, harto de tantas estupideces, mandó a arrestar al guardia y, junto con el equipo, ingresó al club.

—¡Esto es brutalidad policíaca! —gritaba el guardia mientras, esposado, era confinado a un patrullero.

—Esto es arrestarlo por obstrucción de la justicia —le gritó Hartfield antes de irse con Medina a explorar la zona del hoyo catorce—. Y si sigues gritando, te llevo al calabozo.

***

De noche, el Stowe Country Club se veía bastante diferente a como lucía durante el día.

El verde brillante del césped había sido reemplazado por un gris apagado, típico de las lápidas, y el modo en que la luna iluminaba a los árboles los dotaba de un aspecto bastante siniestro. La sensación de Hartfield al caminar por allí fue la misma que hubiera tenido al entrar a un cementerio durante la noche.

A Hartfield no le gustaron los sentimientos que le provocó aquel sitio, así que, decidido a largarse de allí lo antes posible, instó a Medina a que le mostrara el punto exacto donde había hallado el famoso palo.

El hoyo catorce no estaba muy cerca de aquel lugar, y tuvieron que caminar un buen trecho iluminados tan solo por el haz de una linterna que les mostraba el camino.

Al fin el grupo llegó al hoyo catorce y Hartfield, siempre guiado por el *caddie*, se acercó al montecito de zarzas donde, según Medina, el palo había sido enterrado.

Iluminando con la linterna, el inspector no demoró mucho en ver la varilla metálica que brillaba bajo la potente luz.

—¡Por aquí! —indicó Hartfield—. ¡Rápido! Instalen los reflectores en ese sector y que alguien me alcance un par de guantes de látex.

Mientras Connors conectaba un potente reflector que iluminó el área como si de pronto hubiera salido el sol, Nettle le dio al inspector lo que pedía. Él, por las dudas, también se puso guantes.

Luego los dos hombres se arrodillaron junto al palo mientras Medina, que aguardaba a una distancia prudencial, observaba la escena.

Al inspector no le costó mucho sacar el palo del lugar donde se encontraba enterrado a medias.

Al removerlo de aquel sitio, Hartfield llegó a la conclusión de que, más que enterrado, el palo estaba cubierto por hojas y por corteza de árbol. Eso lo alegró porque, de aquel modo, era más probable que se preservaran —si las había, claro— las pruebas que el asesino hubiera podido dejar.

—Tenemos que asegurarnos de que sea el palo que buscamos —dijo Hartfield a sus hombres—. No estamos en condiciones de permitirnos otro error. Si lo hacemos, los periódicos nos destrozarán.

Con cuidado, el inspector levantó el palo del suelo, intentando remover lo menos posible la tierra que lo circundaba. Luego se lo mostró a Medina.

—Es un *driver* —dijo el *caddie*.

Y Lloyd Hartfield sonrió.

Capítulo 27

En el laboratorio, el inspector Hartfield observaba lo que el analista forense le señalaba.

En el recinto también se encontraban el doctor Daniels, quien, con cara de pocos amigos, escuchaba la conversación; y el sargento John Nettle, a quien la actitud del médico forense lo fastidiaba sobremanera.

Porque era cierto: al viejo médico lo hicieron salir de la cama muy temprano, pero ni Hartfield ni él habían pegado un ojo en toda la bendita noche.

—¿Ve esto, inspector? —le decía el analista a Hartfield mientras con un puntero señalaba algo en la cabeza del palo.

—¿Eso oscuro? —preguntó Lloyd.

—Exacto —contestó el analista—. Eso es sangre. Está algo coagulada y mezclada con tierra, pero es sangre. Sin duda.

Luego el perito, con una pinza, tomó una muestra de algo pegajoso que acompañaba a la sangre y lo colocó debajo del microscopio.

Lo observó durante unos minutos y después, sin despegar los ojos del aparato, volvió a hablar con el inspector.

—Son cabellos, Hartfield —dijo el analista—. Y apuesto mi pellejo a que son humanos y que se corresponden con los de la víctima.

El analista forense se levantó y se acercó de nuevo al palo. Lo tomó con las dos manos, asegurándose de no tocar la empuñadura ni siquiera con las manos enguantadas, y después lo colocó sobre una mesa debajo de un artefacto similar a un equipo de los que sacan radiografías, pero que funcionaba como una lupa gigante.

La imagen del palo se proyectó en una pantalla.

—¿Qué piensas, Daniels? —preguntó Hartfield mientras todos observaban la imagen ampliada de la cabeza del palo, que se veía claramente en la pantalla—. ¿Crees que el dibujo coincide con el patrón que viste en la cabeza de Doris Gabereau?

Daniels se acercó a la pantalla y se ajustó las gafas. Se tomó unos segundos para responder y, además, antes de hacerlo, volvió a mirar las fotografías que él mismo había sacado durante la autopsia.

—Creo que coincide, inspector —dijo Daniels al final, pero volviendo a mirar las fotos—. Sí, estoy seguro: el dibujo es idéntico.

—¿Podemos afirmar entonces que hemos encontrado el arma asesina, Lloyd? —le preguntó Nettle.

—Todavía debemos hacer pruebas de ADN a la sangre que hemos encontrado —dijo el analista antes de que el inspector pudiera responder—, pero estoy casi seguro de que sí. Creo que es el arma asesina.

—¿Hay huellas? —preguntó Hartfield algo ansioso.

—Veamos —dijo el analista y colocó el palo de golf sobre una superficie lisa. Luego lo espolvoreó con una especie de talco y esperó unos segundos. Luego limpió la superficie con un cepillo de pelo suave.

Todos los que estaban en el recinto observaron el procedimiento algo ansiosos. Si el palo tenía huellas, podía ser que, al fin, atraparan al asesino.

—No —dijo entonces el analista—. Ninguna huella. O nunca lo tocó con las manos desnudas o lo limpió con cuidado. Pero aquí no hay nada.

Nettle maldijo. Pero Daniels continuó con su cara de pocos amigos, como si nada hubiera ocurrido.

—Hubiera sido extraño tener tanta suerte —dijo Hartfield algo desilusionado—. Tampoco encontramos nada en el club de golf. El maldito tomó todos los recaudos para no dejar ningún rastro. Deberemos encontrar al sujeto con los viejos y tradicionales métodos deductivos, no habrá otro modo.

—O esperar a que el cabrón se equivoque —dijo Nettle—. Sería un poco más fácil, ¿no crees?

—No lo veo muy probable, actuando como actúa —dijo Hartfield—. Es un sujeto frío y bastante organizado. No creo que se equivoque.

—¿Puedo irme ya? —preguntó Daniels por fin—. ¿O necesitan algo más?

—Nada, «doc» —dijo Hartfield—. Lamento haberlo molestado.

—La próxima vez, hágame un favor y espere a que amanezca para llamarme, inspector. El palo no hubiera ido a ningún sitio si me dejaba descansar.

—Lo lamento, pero necesitaba saber si se trataba del arma asesina.

—Y yo necesitaba dormir.

—Le repito, lo lamento mucho.

—No es cierto. No lo lamenta todavía. Pero lo hará —dijo el médico mientras se ponía el abrigo—. Yo, personalmente, me encargaré de que lo lamente. Cualquier noche de estas lo llamaré por teléfono en plena madrugada, mientras duerme profundamente, solo para preguntarle la hora. Ese día lo lamentará y se arrepentirá de haberme sacado de la cama, Hartfield.

Dicho esto, el doctor Daniels abandonó el laboratorio.

—Menudo cabrón resultó el viejo Daniels —dijo Nettle

apenas el médico cerró la puerta tras de sí.

Hartfield y el analista forense estallaron de risa.

Y el sargento Nettle también.

Capítulo 28

A la mañana siguiente Clifton Gilford se acercó a la estación de Policía llevando café negro para Hartfield, Nettle y él.

El reportero había escuchado en la posada acerca del operativo que la noche anterior se llevó a cabo en el club de golf e imaginó que el café sería más que bien recibido por el inspector y el sargento.

Clifton tocó a la puerta de Hartfield, pero fue Nettle quien abrió.

—Traje café —dijo Gilford como si eso sirviera de justificación suficiente para aparecer por la estación tan temprano.

—Alabado sea el neoyorquino —dijo John Nettle y sacó unas carpetas que se amontonaban sobre una silla para que el reportero pudiera sentarse.

Gilford le dio un café a Hartfield y otro a Nettle y se sentó donde le indicaban, junto a John y frente a Lloyd.

—¿Es cierto que han encontrado el arma homicida? —preguntó Clifton después de beber un sorbo de café.

—Eso parece, sí —dijo Hartfield, que también bebió su café—. Debemos confirmarlo aún, pero estamos bastante seguros de que el *driver* que hemos hallado es el mismo que el que se usó para matar a su novia.

—Yo anoche estuve conversando con Eleanor Travis —dijo Gilford cambiando rotundamente el tema. No quería pensar en Doris ni en el arma asesina. De hacerlo, si tomaba conciencia cabal de lo que ocurría, no podría continuar con lo que le habían pedido ni ser de ayuda para nadie.

—¿Y le dijo algo importante?

—La hice beber un poco —dijo el reportero algo avergonzado—. Pero no logré que me dijera mucho: me manifestó que en la posada tienen problemas de dinero y me habló sobre la tarde en que escuchó el grito. Creo que no hay nada nuevo, pero de todos modos le redacté un informe para que pueda leerlo más tranquilo.

Clifton le dio el documento a Hartfield, quien lo miró por encima. Luego lo puso aparte para poder leerlo después.

—Necesito ir a dormir un par de horas. —El inspector se sentía agotado: no había pegado un ojo en toda la noche y ya no podía más, así que decidió irse a casa—. Me ocuparé de estudiar su reporte más tarde, pero estoy tan cansado que casi no puedo pensar.

—¿Vas a irte en la moto? —preguntó Nettle algo preocupado—.

—No —respondió Lloyd—. Le pediré a Connors que me lleve. Volveré en dos horas.

—Que sean tres —dijo John—. Yo estoy cansado, pero puedo tirarme por ahí a descansar y esperar a que vuelvas.

—Me largo entonces.

Clifton Gilford saludó a Hartfield con un gesto de cabeza y se quedó con el sargento Nettle en el despacho.

—¿Lo de anoche fue complicado? —preguntó el reportero, que recolectaba datos para cuando llegara el momento de publicar la exclusiva que Hartfield le prometió.

Nettle le contó cómo habían ocurrido los hechos, mientras, Gilford tomaba algunas notas. Luego le pidió discreción.

—¿Y ahora? —Con el relato de Nettle, Gilford pensó que se encontraban en un callejón sin salida. Tenían el arma homicida, sí. Pero no había modo de llegar al asesino.

—Ahora tenemos que saber quién enterró el palo allí.

—¿En ninguna de las bolsas que revisaron en los vestuarios faltaba un *driver*?

—En ninguna, y para colmo se trata de un *driver* Callaway, la marca más común de todas. Es como buscar una aguja en un pajar… Hemos solicitado al club que nos proporcione acceso a las cámaras de video, para ver si así logramos descubrir algo. —Nettle comprimió el vaso de cartón del que había bebido su café y lo arrojó al cesto como si estuviera embocando un balón de básquetbol en un aro—. Pero lo dudo, en la zona del hoyo catorce no hay cámaras. Y si nos guiamos por las personas que han ingresado al club, cada maldito habitante de este pueblo ha estado allí después del homicidio.

—Así que estamos como antes de encontrarlo.

—Así es.

Los hombres se quedaron reflexionando unos minutos.

—Tenemos el cuerpo —dijo molesto el sargento—, tenemos un motivo, tenemos el arma asesina. Pero en definitiva, no tenemos nada. Ni una sola pista sobre quién mató a Doris Gabereau.

—Entonces debemos enfocarnos en el único hilo del que no hemos tirado lo suficiente —dijo Gilford—. Hay que concentrarse en el motivo. ¿Quién sabía que Doris se ganó la lotería?

—Usted —dijo Nettle.

—Yo no lo sabía. Ya se los he dicho —respondió el reportero algo molesto por las palabras del sargento—. Así que alguien más tiene que saberlo. Porque, de no ser así, haber ganado la lotería no puede ser el motivo del homicidio.

—¿Y a quién se lo dijo?

—Eso, precisamente, es lo que tenemos que averiguar.

Capítulo 29

Cuando Nettle se recostó en el sofá del despacho de Hartfield para dormir un rato, Gilford salió a pasear por el pueblo.

Necesitaba pensar, y caminar siempre lo ayudaba a hacerlo.

Recorrió a pie algunas cuadras en el Centro sin tener muy claro hacia dónde dirigirse, y luego se fue alejando hacia la zona más boscosa.

Había dos cosas que podrían ayudar a descubrir la verdad: averiguar quién más sabía sobre el premio era una. Encontrar la bolsa a la que le faltaba el *driver* era la otra.

Claro que esta última no era infalible. Que en una bolsa faltara un *driver* no daba certeza de nada. Nadie estaba obligado a llevar un *driver* en la bolsa. Pero la ausencia de uno podía proporcionar un fuerte indicio a la policía.

Sin darse cuenta, Clifton había caminado en dirección al club de golf. Se quedó observando un rato la entrada y salida de vehículos, y durante ese tiempo verificó que lo que el sargento Nettle le dijo era verdad: un montón de gente había entrado y salido del club en ese tiempo. ¿Alguno de ellos sería quien escondió el *driver*? ¿Sería, entonces, alguno de ellos el homicida de su novia?

El periodista sintió ganas de ingresar al club y hacer un escándalo. Quiso gritar. Tomar un *driver* y con fuerza, con tanta fuerza que le permitiera descargar todo el dolor y toda la impotencia que sentía, hacer estallar todos los cristales de las ventanas.

Pero se contuvo.

No lo hizo.

Sabía que hubiera sido una estupidez. Que aquello hubiera desviado la atención del caso poniendo la mirada de la gente en su persona, y eso no sería bueno para nadie.

Así que, por su propio bien, dio vuelta sobre sus pasos y, caminado despacio, volvió al centro de Stowe.

El sol comenzaba a apagarse y el reportero sintió frío. Así que decidió entrar en un café a beber algo caliente.

Se acomodó en una mesa algo alejada, cerca de una pared al fondo del local.

Mientras esperaba que la mesera se acercara para tomar su pedido, notó que Lilian, la mucama de la posada, y Emily, la cocinera, entraban al local y se instalaban en una mesa cercana.

Clifton quedaba fuera de su campo visual porque entre ellas y él había una columna. Así que las mujeres no notaron su presencia.

—Creo que comenzaré a buscar otro empleo —dijo Emily mientras se quitaba el abrigo—. Me encanta mi trabajo en la posada, pero ya no puedo continuar de este modo.

—¿Pero qué ocurre, Emily? —preguntó Lilian mientras apagaba su móvil y lo guardaba en el bolso.

—Los productos que me traen para trabajar no son de calidad, Lilian. Cuando comencé a trabajar, Eleanor insistía en usar solamente lo mejor de lo mejor. Si un producto estaba golpeado, o si los huevos no se habían recolectado ese mismo día, ella insistía en devolverlo. En no usarlo. Pero ahora debo conformarme con lo que me dan. Y, en general, los insumos no son buenos. Es mi reputación como cocinera lo que está en juego.

—Y la de la posada.

—Yo me preocupo por mí. Y que los Travis se preocupen de su negocio. ¿No te parece?

—Yo también estoy en problemas —dijo Lilian—. Desde que Gilford es el único huésped, la señora Travis ha recortado mi horario al mínimo. Ya no trabajaba en las noches. Ahora solo estoy lo necesario para limpiar lo básico. Y yo con eso no vivo. El dinero no me alcanza para alimentar a mi familia. Y mi esposo está sin empleo, Emily. Así que deberé buscar otra cosa mientras tanto.

—Espero que las cosas cambien pronto.

—No lo harán. De eso estoy segura. Las cosas no están bien desde hace tiempo. Desde hace mucho tiempo, la verdad.

—Me da pena la señora Travis —dijo la cocinera—. Ella ama ese lugar y haría cualquier cosa por salvarlo.

—El que debe estar contento es el señor Travis. Hace tiempo que él quiere salir de aquí. Irse al mar.

—Si las cosas siguen así —dijo Emily—, lo hará pronto.

Luego de esa conversación las mujeres continuaron hablando sobre trivialidades.

Gilford se bebió su café muy despacio porque no podía salir del local antes de que las dos mujeres lo vieran. Y, no supo explicarse por qué, aquello no le parecía correcto.

Suponía que era porque lo avergonzaba haber estado husmeando en los asuntos ajenos. Y eso le pareció divertido porque, a fin de cuentas, aquello es exactamente lo que hacen los reporteros.

Después de una hora, más o menos, las mujeres por fin se fueron.

Clifton se apuró a ponerse su abrigo y salió detrás: tenía que hablar con Hartfield.

Capítulo 30

Anochecía cuando Clifton Gilford volvió a entrar en la estación de Policía.

Connors lo recibió en el mostrador de entrada y, con un gesto, le indicó que el inspector estaba en su despacho.

Como la puerta estaba abierta, Gilford asomó la cabeza y tocó.

—¿Lo ves, John? —dijo Hartfield sin levantar la cabeza, pero dirigiéndose al sargento, quien, muy concentrado, revisaba una planilla—. Así se toca una puerta. Deberías aprender.

—Es que el reportero neoyorquino tiene una educación de la que yo carezco.

—De lo que tú careces, amigo —dijo Hartfield y se puso de pie para recibir a Gilford—, es de vergüenza. Pero eso ya lo sabemos hace tiempo. Aunque creo que aún estás a tiempo de corregirte.

—¿Pudo descansar, inspector? —preguntó Gilford al entrar al despacho y antes de sentarse.

—No mucho —dijo Lloyd y volvió a ocupar su sitio—, con tres niños en casa, no es fácil. Pero dormí lo suficiente como para poder trabajar otra vez.

Clifton quería hablar con el inspector acerca del asunto del dinero de los Travis. Dos veces lo había buscado para conversar sobre el tema, pero algo ocurría siempre y aquello quedaba a un lado.

El reportero no creía que fuera muy importante, porque suponía que Hartfield ya lo sabía y porque no creía que aquello resultara relevante para el caso, pero él se había comprometido a informarle de todo al inspector, y no lo estaba haciendo.

—Mira esto, Lloyd —dijo Nettle y se acercó a su jefe con la planilla en la mano. La colocó frente a Hartfield y marcó un renglón con un lapicero—. Aquí.

—¿Qué estoy mirando? —preguntó Hartfield y se puso unas gafas. Cuando la letra era pequeña no lograba ver bien.

—Es el registro de llamadas de Angie Dawson. Aquí, a las tres de la tarde, Doris la llamó a su móvil. Fue una llamada corta, apenas treinta segundos, como ya sabíamos. Me comuniqué con la empresa proveedora del servicio de teléfono móvil y me confirmaron que la llamada no fue atendida. Que hubo un mensaje de voz, pero que ya no lo tienen.

—Pero esto ya lo sabíamos, ¿o no?

—Sí —dijo el sargento Nettle con entusiasmo—. Pero lo que no sabíamos, Lloyd, era que Angie Dawson se comunicó después al teléfono de la posada. A las cuatro y treinta de la tarde exactamente. Mira.

Hartfield se ajustó las gafas sobre el puente de la nariz y miró lo que John Nettle le mostraba.

—Este es el número de la posada, y desde el teléfono móvil de Angie Dawson se hizo una llamada que duró quince minutos.

—Entonces…

—Así es, entonces tenemos la certeza de que la hermana de Doris Gabereau habló con ella la tarde anterior al homicidio.

—Y eso es malo porque… —dijo Clifton sin entender muy bien el motivo del entusiasmo de los policías.

—Porque cuando la interrogué en Nueva York, Angie Dawson nunca mencionó que había hablado con Doris antes de que fuera asesinada. Al contrario, directamente me dijo que no lo había hecho.

—Y porque en el hospital donde Angie trabaja nos confirmaron que, esa misma tarde, Angie se reportó enferma y no fue a trabajar —agregó el sargento Nettle—. Así que, ahora, la mujer no tiene coartada.

—Y al haber hablado con Doris —dijo Gilford abriendo mucho los ojos al comprender lo que eso implicaba—, es posible que supiera lo del premio.

—Ahí tienes lo que buscabas: hemos encontrado a alguien, además de ti, que conocía la noticia, Clifton —dijo Nettle.

—No tiene coartada, tiene un motivo y mintió —dijo Gilford.

—Y hay algo más —agregó Hartfield, al tiempo que se quitaba los anteojos y los tiraba sobre el escritorio—: igual que Doris Gabereau, Angie Dawson juega muy bien al golf. Y tiene reservado, para la semana próxima, un vuelo con destino a México.

—¡Vaya! —exclamó el reportero—. ¿Usted cree que a mi novia la asesinó su propia hermana?

—Eso parece —dijo Hartfield—. John, averigua si, más tarde, ese número se registró en alguna de las antenas de la zona.

—Llamaré a la empresa.

—Por otro lado —continuó el inspector—, voy a necesitar de su ayuda, Clifton.

—¿Para qué?

—Para que Angie Dawson venga a Stowe lo antes posible.

—¿Va a arrestarla? —preguntó el reportero.

—Primero voy a hablar con ella —dijo el inspector—. No quiero hacer otro papelón encarcelando a quien no debo y que los periódicos empapelen la ciudad regodeándose con mi incompetencia.

—¿Y luego qué haremos? —preguntó Nettle.

—Asegurarnos de retener su pasaporte.

Capítulo 31

Clifton Gilford esperaba en el aeropuerto de Burlington que el vuelo de Delta Air Lines proveniente de Nueva York aterrizara pronto.

Tal como el inspector Hartfield le exigió, Clifton se había comunicado con Angie Dawson para pedirle que viajara a Stowe.

Hacer la llamada no había resultado sencillo para él. Y el reportero tuvo que apelar a toda su fortaleza para disimular el rechazo que sentía por obligarse a hablar con la mujer que, tal vez, mató a Doris.

Que Angie fuera la hermana de su novia empeoraba las cosas.

Pero de todos modos lo había hecho. La llamó y, con una actuación digna de un premio Óscar, le pidió que fuera.

Con el argumento de que necesitaba que ella se encargara de realizar los trámites para retirar el cuerpo de la morgue, se comunicó con Angie la misma noche en que Hartfield le explicó lo que necesitaban.

También le dijo que aquellos habían sido días muy difíciles para él y que le vendría bien la compañía de alguien que hubiera conocido y, sobre todo, querido a Doris.

Con semejante argumento, Dawson no pudo negarse a viajar. Aunque, hay que decirlo, tuvo el descaro de pedirle a Gilford que le abonara el pasaje, aludiendo que no tenía dinero.

Él, sin oponerse, hizo que el periódico cubriera el gasto y

accedió al pedido de la mujer.

Así que, a los dos días de que Clifton le hubiera telefoneado, Angie Dawson estaba a punto de aterrizar en Vermont.

El periodista se sentía nervioso porque no estaba seguro de conseguir mantener las apariencias, de evitar estamparle a la mujer un bofetón en pleno rostro apenas la viera.

Debía contenerse, por más indicios que hubiera en contra de Angie Dawson, no tenían nada en concreto.

Había que esperar y dejar que Hartfield y Nettle hicieran su trabajo.

Ellos también estaban en el aeropuerto: sentados detrás de sendos periódicos en el local de Starbucks de la terminal, muy cerca de la puerta de arribos, esperaban que la mujer se acercara a Gilford para entrar en acción.

Y eso también preocupaba al reportero. Él esperaba no delatar la presencia de los policías ni cometer un error que hiciera que la mujer se esfumara.

Algo nervioso, Gilford miró el tablero y vio que el vuelo en el que venía Angie Dawson había aterrizado.

Como él no la conocía personalmente, escribió en una cartulina el apellido de la mujer y se paró frente a la puerta correspondiente para esperarla.

Entonces la puerta se abrió y varias personas con bolsos y valijas comenzaron a aparecer en el *hall*.

Una mujer no muy alta se acercó a él.

—¿Clifton? —dijo ella. La pregunta no tenía mucho sentido porque el reportero sostenía el letrero.

El reportero asintió y, galante, se ofreció a llevar la maleta de Angie.

—Lo siento —dijo ella—. Siento mucho todo lo que ha pasado.

A Clifton esas palabras lo golpearon como una patada. Era él quien debería haber brindado sus condolencias a Dawson. A fin de cuentas, ella era la hermana de la víctima. En cambio, ¿qué era él?: ¿Un compañero? ¿El amante escondido? Él no era nadie. Y Angie lo sabía.

Porque si él hubiera sido alguien importante en la vida de Doris, ella le hubiera compartido la noticia del premio.

Pero no lo hizo.

En ese momento, y con sorpresa, el reportero descubrió que aquello le dolía. Porque, como un imbécil, había llegado a creer que lo que ellos tenían era algo serio. Pero parecía que no.

Él tan solo era el sujeto que pagaría su viaje a Vermont y a Cancún. Pero en el mismo instante en que ella supo que había ganado un montón de billetes, en el preciso instante que descubrió que no lo necesitaba para mantenerla, decidió deshacerse de él.

Y lo reemplazó por la hermana que ahora se mostraba compungida, pero que no era más que una mentirosa.

Por un momento, Gilford decidió olvidar todo el asunto. ¿Por qué involucrarse para ayudar a una mujer que de buenas a primeras lo había dejado de lado? No valía la pena.

Aunque además de un hombre dolido, de un sujeto despechado, era un reportero, y la fiebre por una exclusiva se había apoderado de él. Así que decidió continuar. Porque tal vez, de aquel modo, lograría sacar algo positivo de toda aquella locura.

—Yo también —dijo él para decir algo—. He dejado el auto en el aparcamiento y...

—¡Pero qué casualidad, señorita Dawson! —dijo el inspector Hartfield, que en ese momento apareció al lado de Clifton y Angie como si se hubiera materializado frente a ellos.

Ella, sorprendida, apenas atinó a sonreír, pero no dijo nada.

—¿No me recuerda? —preguntó Lloyd—. Estuve en su casa hace una semana, más o menos. ¿Recuerda que le pregunté por William Gabereau?

—¡Oh! —dijo ella fingiendo un despiste que no poseía—. ¡Claro, inspector! ¡Claro! Es que no esperaba verlo por aquí y me costó recordar de dónde lo conocía. Es que apenas nos vimos una vez y…

—Claro, claro —cortó Hartfield—. Es perfectamente comprensible que haya olvidado el rostro del hombre que hace una semana se presentó en su domicilio para conversar sobre el homicidio de su hermana.

El reportero no supo si Dawson llegó a captar el sarcasmo con que Hartfield había dicho aquello. Él no lo pasó por alto.

La mujer se frotaba con el dedo índice debajo de la nariz, haciendo el gesto típico de quien acaba de aspirar cocaína, pero Gilford no creyó que se tratara de eso. Era un tic.

La mujer estaba nerviosa. Y eso no era muy favorable para ella.

El plan de Hartfield consistía en sorprender a la mujer en el aeropuerto, acercarse sin que ella supiera qué ocurría y ver su reacción. Luego se alejarían y la mantendrían vigilada hasta que, finalmente, la citaran en la estación de Policía para interrogarla.

—¿Y qué lo trae por aquí, inspector? —preguntó Gilford como para disimular.

—El café —respondió Hartfield.

—¿Pero acaso no hay un Starbucks en el pueblo?

—Por supuesto que sí.

Dawson, confundida, miró al reportero.

—¿Van a Stowe? —preguntó Hartfield como de pasada—. ¿Desean que los llevemos? Tengo espacio de sobra en mi automóvil. Solo estoy con el sargento Nettle.

Hartfield señaló hacia el punto donde estaba John Nettle, que saludó y continuó leyendo el periódico.

Gilford debía reconocer que como táctica para amedrentar sospechosos, era efectiva. Nadie podría acusar a la policía de acoso, pero los sospechosos se sentirían observados e inmersos en algo que no llegarían a comprender muy bien.

Sobre todo en este caso, en el que la mujer era una forastera y no conocía a nadie.

—No hace falta, inspector —intervino el reportero—. He alquilado un auto, así que yo mismo la llevaré a la posada. Ya le he dicho a la señora Travis que le prepare una habitación.

—¡Ah! Magnífico —exclamó Hartfield encantado—. Nos veremos más tarde entonces.

—Tal vez lo hagamos —dijo Angie Dawson intentando salir de aquella situación incómoda.

—Lo haremos —dijo Hartfield sonriendo, pero solo con la boca y un segundo antes de alejarse—. No lo dude.

Capítulo 32

Angie Dawson no conversó mucho en la hora quince minutos que duró el viaje desde Burlington hasta Stowe.

Se limitó, apenas, a responder con monosílabos a las preguntas de cortesía que Gilford le hizo y a mirar el paisaje a través de la ventanilla.

El reportero no lograba precisar si la mujer estaba nerviosa, cansada o triste. Porque desde que se alejaron de Hartfield se había cerrado como una almeja, sin demostrar nada más que cierto hastío.

—¿Ocurre algo? —preguntó Clifton cuando ya habían llegado a Stowe y circulaban por el camino de acceso a la posada.

—¿Por qué? —preguntó ella sin mirarlo.

—Es que casi no has dicho nada desde que llegaste. —Clifton intentaba mostrarse cortés, aunque, en su fuero íntimo, le repugnaba tener a esa mujer en el auto—. ¿Hice algo que te molestara?

—No se trata de ti —dijo ella mirándolo por primera vez—. Por si no lo recuerdas, estoy viniendo a este lugar a buscar el cuerpo de mi hermana. Observar lo último que ella pudo ver me causa tristeza. Y pensar que tengo que ir a reconocer su cadáver, directamente, me espanta.

—Claro —dijo él casi susurrando y asintió.

O Angie Dawson no tenía nada que ver en el asunto o era una actriz fantástica. Pero no era su tarea descubrir quién era realmente esa mujer. Esa era la tarea de Hartfield.

Llegaron a la posada y Clifton detuvo el motor.

—Aquí estamos —dijo él y bajó del auto. Luego sacó la maleta de Angie Dawson del baúl.

La joven ya había bajado del coche y aguardaba, sosteniendo con las dos manos su bolso a la altura de los muslos, inmóvil junto al auto.

En ese momento la puerta de la posada se abrió y Eleanor Travis salió a recibir a la mujer.

—Normalmente le daría la bienvenida a nuestra posada, querida —dijo la señora Travis muy compungida mientras apoyaba una mano sobre el hombro de Dawson—. Pero este no es el caso. No puedo darle la bienvenida a un lugar que para usted debe ser tan triste. Tan solo puedo ofrecerle mis condolencias y decirle que cualquier cosa que usted necesite, cualquier cosa, puede pedírmela, que yo estaré más que gustosa de ayudarla.

—Ella es la señora Travis —explicó el reportero a Angie apenas la anciana lo dejó hablar—. Es la dueña de la posada.

—Le agradezco su amabilidad, señora Travis. Y su calidez.

—No tiene nada que agradecer —dijo la señora y tomó a la muchacha con gentileza del brazo para indicarle que entraran.

Clifton las siguió llevando la maleta.

El grupo se detuvo frente al mostrador de recepción. La señora Travis rodeó el mueble en busca de una llave y del libro de registro.

—Le he preparado el mejor cuarto de la casa, señorita Dawson —dijo Eleanor—. Confío en que se encuentre cómoda aquí a pesar de lo penoso de las circunstancias.

Angie Dawson se limitó a asentir y a completar sus datos en el registro.

En ese preciso momento, Hartfield y Gwyneth, su esposa,

entraron a la posada.

—Parece que hoy estamos destinados a encontrarnos, inspector —dijo Gilford fingiendo sorpresa.

—En el aeropuerto le dije que sin duda nos veríamos más tarde —explicó Hartfield—. Es que tenía previsto venir a cenar con mi esposa.

—Hace tiempo que venimos postergando este encuentro —dijo Eleanor—. Y justamente hoy habíamos arreglado para cenar.

Angie Dawson asintió, pero no dijo nada, mientras, el inspector no le sacaba los ojos de encima.

—Me extraña que tenga tiempo de cenas con amigos cuando tiene que resolver el homicidio de mi hermana, inspector.

—Tengo que comer —respondió él—. Da lo mismo dónde lo haga. ¿No cree?

—Podría indicarme dónde es mi cuarto, señora Travis —dijo Angie Dawson sin responder la pregunta de Hartfield—. He tenido un día largo y deseo descansar.

—Sí, por supuesto —dijo Eleanor algo incómoda por el cruce de palabras que la mujer había tenido con Lloyd. Así que, como para distender el momento, se apresuró a rodear el mostrador para ir en dirección a la escalera.

Gilbert Travis apareció en ese momento y, mientras Gwyneth conversaba con él, Hartfield se concentró en observar a Angie Dawson seguir a Eleanor hacia los pisos superiores.

La joven no parecía conocer el lugar. Y eso al inspector le extrañó un poco porque él estaba convencido de que Angie Dawson era la asesina. Si ella ya había estado antes en la posada, no se mostraría tan insegura acerca del lugar adonde debía dirigirse.

La idea de aparecer por allí de sorpresa había sido para tomar desprevenida a Dawson y ponerla nerviosa.

Tal vez de ese modo la joven olvidaría disimular su

conocimiento del lugar y le indicaría al inspector que no era su primera vez ahí.

Ese indicio no serviría para la justicia, pero sería útil para él porque le demostraría que iban en el camino correcto y así dejarían de lado otras líneas de investigación.

Aunque, a decir verdad, por el momento no tenían ninguna otra.

Sin embargo, nada de eso ocurrió. Así que Hartfield pensó que o bien la chica nunca había pisado la posada, o bien que era una actriz descollante y con una sangre fría digna de una psicópata.

—¿Nos acompaña en la cena, señor Gilford? —le preguntó Gilbert Travis al reportero mientras invitaba a los Hartfield a pasar al comedor para servirles unos tragos—. Hay suficiente para todos.

—¡Oh, no! —dijo Clifton negándose con suma cortesía—. Estoy realmente agotado y me quedaré en mi cuarto esta noche. ¿Sería tan amable de pedirle a la señora Travis que me suba un emparedado y una soda? Con eso será suficiente por hoy.

—Sí, claro —asintió el señor Travis—. Lo que desee. Pero recuerde: si cambia de opinión, es bienvenido en nuestra mesa.

—Gracias —dijo el reportero y se alejó en dirección a la escalera.

Antes de subir miró al inspector, que le guiñó un ojo y desapareció de su vista.

Capítulo 33

Gilford entró a su cuarto, se quitó la chaqueta y los zapatos y se tiró sobre la cama.

Hasta ahora el plan iba sobre rieles, y la coordinación de tiempo había sido excepcional.

En ese preciso momento, el reportero sintió un golpe en la ventana y se apresuró a levantarse porque, del otro lado, el sargento John Nettle, algo congelado, esperaba para ingresar al cuarto sin ser visto por nadie.

—¿Qué demonios hacías allí abajo? —dijo mientras se encogía un poco para poder entrar—. ¿Por qué tardaste tanto?

—Lo hice lo más rápido que pude —se excusó Gilford—. Tampoco podía subir corriendo como un loco o alguien podría preguntarse qué demonios ocurría.

—Bien, no importa —dijo Nettle y se acercó al fuego—. Lo importante es que ya estamos aquí.

—¿Sabes en qué habitación se hospeda?

—En la que está justo arriba de esta. La número 12.

—Magnífico —exclamó Nettle—. Dime que la has conseguido.

—Por supuesto que la he conseguido —dijo Clifton entregando a Nettle la llave de la habitación número 10—. ¿Quién crees que soy? ¿Un idiota?

En ese momento alguien tocó a la puerta.

—Escóndete en el baño —susurró Gilford—. Debe ser la señora Travis, le he pedido algo para cenar.

—Espero que hayas pedido bastante porque me muero de hambre —dijo el sargento y se escondió en el baño.

Gilford esperó a que Nettle cerrara la puerta del baño y abrió para recibir la cena.

—Gracias, señora Travis —dijo haciendo amago de cerrar la puerta—. ¿Seguro que no desea cenar con nosotros?

—Seguro —respondió él mirando el emparedado, que era más que suficiente para una persona, pero muy escaso para dos—. Estoy realmente cansado y deseo acostarme lo antes posible.

—Como guste —dijo Eleanor—. Que tenga buenas noches.

—Usted también.

La señora Travis se alejó de la puerta y Gilford la cerró en el preciso instante en que el sargento Nettle salía del baño.

—Espero que haya otro para ti —dijo Nettle y atacó el emparedado. Clifton lo dejó comer. Más tarde, con alguna excusa, pediría que le preparen otro.

—Debes subir ahora mismo —dijo el reportero mirando su reloj—. Aprovecha ahora que Hartfield está entreteniendo a los Travis. En la posada no hay nadie que pueda verte, así que sube por la escalera y cuando llegues al corredor dobla a la derecha, la habitación 10 está justo enfrente de la que Angie Dawson está ocupando ahora mismo.

El plan era que Nettle se instalaría frente a Dawson y vigilaría por la rendija de la puerta sus movimientos durante la noche.

Mientras tanto, Gilford vigilaría el segundo piso. Y Hartfield, la planta baja. No pensaba volver a su casa después de la cena.

Llevaría a su mujer y, aludiendo alguna crisis en la estación, volvería a la posada para vigilar desde la entrada.

Si Angie Dawson tenía pensado largarse, alguno de los tres la vería.

Así que, conforme al plan, Nettle —con el mismo sigilo de un gato— subió al tercer piso y se encerró en la habitación número 10. Una vez dentro, envió un mensaje al móvil de Gilford para avisarle que ya estaba en posición y así asegurarse de que le avisara a Hartfield. No querían hacer demasiado ruido en el tercer piso y que Angie Dawson pudiera escuchar.

Aquella fue una noche larga para los tres hombres porque Dawson no se movió de su cuarto hasta la mañana, y ni el inspector ni el sargento ni el reportero pegaron ojo.

Cuando Nettle escuchó que la puerta del cuarto de Dawson se abría, avisó a Gilford para que se apresurara a bajar.

Era la hora del desayuno, y tal vez un buen momento para conversar con Angie.

Clifton se apresuró a cambiarse, no era cuestión de bajar con la misma ropa que usó la noche anterior, además porque estaba realmente famélico: Nettle había deglutido su cena y él no se animó a pedir nada más, para evitar que la señora Travis subiera y pudiera descubrir el operativo de vigilancia.

Así que, en pocos minutos, el reportero estuvo listo. Solo tuvo que esperar a que Nettle volviera a su cuarto para dejarlo salir por la ventana y cubrir su escape.

Una vez que se aseguró de que Nettle había salido y que Hartfield lo recogió en la entrada, Gilford bajó al salón comedor para poder, finalmente, hablar con Angie Dawson y descubrir qué sabía.

Capítulo 34

Cuando Gilford atravesó la recepción en dirección al salón comedor, Gilbert Travis, con un codo sobre la madera del mostrador y la cabeza apoyada en su mano, hojeaba un periódico muy tranquilamente.

El reportero se detuvo un minuto para conversar con el anciano, y aprovechó para dejar la llave de la habitación número 10 en su sitio.

No fuera cosa que alguien detectara su ausencia y todo quedara al descubierto por una tontería.

Luego, entonces, se dirigió al comedor y se acercó a la mesa en la que Angie Dawson ya bebía su segundo café.

—¿Puedo sentarme aquí? —preguntó el reportero acercándose a la mujer—. Somos los únicos huéspedes de la posada y creo que sería una tontería ocupar mesas distintas, ¿no lo crees? Tenemos varias cosas en común. Y además, sería una descortesía para la señora Travis. ¿Para qué obligarla a tener más trabajo?

—¿Siempre hablas tanto? —preguntó Angie, pero hizo un gesto con la mano para permitir que Clifton se sentara con ella.

—Bueno, no. No siempre, al menos —dijo él mientras la señora Travis se acercaba sosteniendo una jarra que contenía el café más perfumado que Clifton hubiera bebido en su vida—. El café de aquí es el mejor que he probado. Y ten en cuenta que soy neoyorquino, así que es mucho decir.

—Sí, es delicioso —afirmó Angie.

Eleanor sirvió el café en la taza del reportero y luego agregó leche.

—¿Me acompañarás a la morgue? —preguntó entonces Angie Dawson—. Quisiera terminar con este asunto lo antes posible.

—Sí, por supuesto. Me ha dicho el inspector Hartfield que ya ha hablado con la funeraria para que se ocupen de los arreglos una vez que tú hayas firmado todos los documentos.

Angie asintió y terminó de beber su café.

—¿Has dormido bien? —preguntó Clifton por decir algo.

—Sí —dijo ella con bastante sequedad, demostrando que no tenía deseos de conversar.

Un silencio incómodo se instaló entre ellos. Hasta que, por fin, Angie Dawson se levantó, se puso la chaqueta y tomó su cartera.

—¿Vamos? —dijo entonces.

—Sí, claro. —Gilford apuró lo que quedaba en la taza, se limpió la boca con la servilleta y se puso de pie.

Luego ambos salieron de la posada y, caminando, se dirigieron a la estación de Policía.

**

Hartfield y Nettle conversaban mientras el inspector conducía en dirección a la casa de su compañero.

Estaban a solas y era un buen momento de cruzar impresiones.

—¿Qué piensas, John? —preguntó Hartfield cuando detuvo el auto frente a la vivienda del sargento.

—No puedo pensar mucho, Lloyd. No he visto a la muchacha. Ni siquiera la he oído. No salió de su cuarto ni encendió la televisión. ¿Tú qué crees?

El inspector meditó su respuesta. Luego inspiró, contuvo el aire unos segundos y, al final, exhaló.

—No lo sé —dijo—. Honestamente, no lo sé. Estaba

convencido de que seguíamos la pista correcta. Pero ahora…

—¿Ahora qué? —preguntó Nettle bastante intrigado—. ¿Ocurrió algo?

—Anoche, cuando de sorpresa me presenté frente a ella, pensé que se pondría nerviosa. Pero más que nerviosa, Dawson estaba enfadada. Sí, eso es. Enfadada de que estuviera haciendo visitas sociales en lugar de investigar el homicidio de su hermana. Si ella fuera la asesina, se alegraría de que yo sea un imbécil o de que esté distraído. Pero no fue el caso.

—Podía estar fingiendo.

—Sí. Por supuesto, esa es una posibilidad, pero hubo algo más.

—Desembucha, viejo.

—En el momento en que pidió ir a su habitación, ella no supo dónde estaba la escalera.

—¿Y?

—Si ella alguna vez hubiera estado en la posada sabría perfectamente dónde está la escalera, John. Y si, como creemos, es ella quien mató a Doris Gabereau, no pudo hacerlo a la distancia. Necesariamente tuvo que estar ahí. Y si estuvo ahí, tuvo que haber sabido dónde estaba la escalera. ¿O no?

—Insisto: podía estar fingiendo.

—Sí. Pero no lo creo. Algo me dice que no lo hacía.

—¿Tu instinto otra vez?

Hartfield levantó las cejas, pero no dijo nada. No hacía falta.

—¿Y por qué rayos te ocultó que había hablado con Doris la tarde anterior al homicidio?

—Eso, justamente, es lo que voy a preguntarle esta tarde cuando la interrogue.

Capítulo 35

Cuando el reportero y la hermana de Doris Gabereau llegaron a la estación de Policía, ni Hartfield ni Nettle estaban ahí.

Gilford pensó que aquello era lógico. A fin de cuentas, los dos hombres habían pasado en vela toda la noche. Pero se guardó el pensamiento para él y no dijo ni una palabra.

No fuera a escapársele algo inconveniente.

Había sido un estúpido en pensar que los investigadores estarían allí, pero Angie insistió en ir a la morgue de inmediato. Y a él no se le ocurrió ninguna forma de detenerla sin causar sospechas.

Para eso había viajado ella a Stowe, ¿o no? Para eso la llamó él. ¿Cómo oponerse, entonces, a que hiciera lo que se suponía debía hacer? ¿Cómo convencerla de ir más tarde?

Era cierto que él también se había mantenido despierto durante toda la noche, pero ahora era su turno de estar allí y acompañar a la mujer. El turno de ellos llegaría más tarde.

Era necesario que el inspector y el sargento descansaran para poder encargarse de Dawson después.

Él solo tendría que ocuparse de ella en la mañana y luego se iría a dormir, pues tendrían que volver a vigilarla en la noche.

—Yo creo que el inspector vendrá en una hora, más o menos —dijo Connors, que los recibió apenas atravesaron la puerta acristalada de la entrada del edificio.

—No necesito ver al inspector Hartfield —dijo Angie algo molesta.

—Es que… —quiso explicar el policía.

—Te pedí que me llevaras a la morgue, Clifton —dijo Angie ignorando por completo al oficial que intentaba ayudarla.

Pero ella miraba al reportero con una expresión extraña. Como si creyera que él la estaba traicionando.

Y sí, él la estaba traicionando, claro. Pero ella no lo sabía.

—Y a la morgue te traje —dijo Clifton pasando por alto la expresión de Dawson—. Funciona aquí mismo. Pero creo que deberíamos volver más tarde, cuando el inspector Hartfield haya vuelto.

—¿Nunca trabaja ese sujeto? —preguntó ella muy molesta—. Pensaba hablar con él para que me ponga al tanto sobre la investigación. Me gustaría saber si mi excuñado, William Gabereau, tiene algo que ver en el asunto. Pero no podré hacerlo si no lo veo, ¿no?

Gilford pensó que Angie tenía algo de razón: él también tenía algo que contarle al inspector, pero no había tenido la oportunidad de hacerlo aún.

—No —dijo Gilford al fin, volviendo a reservar sus pensamientos—, Gabereau no tiene nada que ver en el asunto.

—¿Cómo lo sabes?

—Porque tiene una coartada más sólida que una roca —explicó él.

—Pareces saber mucho sobre el caso.

—He estado aquí, Angie —le contestó él restándole importancia al conocimiento que poseía—. Y soy reportero. Y, además, Doris era mi novia. Es lógico que esté enterado de las cosas, ¿no crees?

—Entonces tú podrías ponerme al tanto del asunto.

—Prefería no hacerlo —dijo él. Sobre todo porque lo más

importante que tenía para contarle era que la policía pensaba que ella era la principal sospechosa—. Sería conveniente que hablaras con el inspector Hartfield. Él es la persona indicada para ponerte al corriente. No yo.

—Volveré a la posada, entonces. No me apetece perder el tiempo.

—Sí —dijo Connors, quien estaba al tanto de todo el asunto y quería colaborar con el reportero, pero, sobre todo, quería que se largaran de allí—. Vuelva a la posada. Yo me ocuparé de llamarla cuando el inspector haya llegado. ¿Le parece?

—No tengo otro remedio. ¿O sí? —dijo ella bastante molesta—. Tendré que ir a perder el tiempo, como si fuera una turista, a la posada en la que mi hermana fue brutalmente asesinada. Y luego dignarme a esperar a que el encargado de descubrir quién rayos le partió la cabeza a Doris se presente a trabajar. ¡Es de no creer la actitud de ese inspector!

Luego se dio vuelta y, muy ofuscada, se retiró.

Clifton miró a Connors, se encogió de hombros, y salió tras ella.

Capítulo 36

En el salón de la posada, Clifton Gilford fingía trabajar con su computadora mientras observaba a Angie Dawson, quien después de almorzar se había sentado cerca de una ventana, por la que entraba un sol tibio, a leer una novela.

No se veía nerviosa. Solo lucía como alguien que mataba el tiempo mientras esperaba. Parecía una estatua, alguien para quien el tiempo se hubiera detenido.

No se la veía ansiosa. Tampoco asustada.

Angie Dawson, simplemente, esperaba.

Y esa tranquilidad perturbó al reportero.

Así no se comporta un homicida, se dijo.

¿Y tú cómo conoces el modo en que se comporta un homicida?, se respondió. ¿Acaso eres experto?

Y no. La verdad es que no lo era.

Había cubierto noticias policiales, sí. Pero nunca antes se vio involucrado en una investigación de un modo tan cercano a la policía. Y, sinceramente, no le resultaba ni siquiera emocionante. Más bien, todo lo contrario.

Hasta ahora solo habían sido largas horas de vigilancia. Millones de preguntas.

Y poco más.

Nada de sorpresas. Nada de acción.

Solo largas horas de devanarse el cerebro y matar el tiempo

esperando que algo pasara.

Fue en ese momento que sonó el móvil de Dawson. Gilford escuchó lo que ella respondía, pero no lo que, quien fuera que la llamaba, le decían desde el otro lado de la línea.

—¿Hola?

—…

— Sí, soy yo.

—…

—Bien, ahora mismo voy para allá. Sí. Le diré a Gilford que me acompañe.

—…

—No, no se preocupe.

Apenas Dawson cortó la llamada, el reportero se paró junto a ella.

—¿Era Hartfield? —preguntó él.

—Sí. Me dijo que te pida que vayas conmigo.

Clifton asintió.

—Iré por mis cosas —dijo ella—. Te veo afuera en cinco minutos.

Él hubiera preferido acompañarla al tercer piso para ver qué era lo que haría y descubrir qué es lo que iba a buscar.

Pero no supo cómo hacerlo sin que Angie descubriera que la estaba vigilando. Así que, como no había modo de que ella huyera ni tampoco razones para hacerlo, Gilford decidió, hacerle caso y esperarla afuera.

A fin de cuentas, ¿qué podía hacer ella en cinco minutos?

Y en realidad fue menos lo que tardó. Porque en solo tres ella estaba a su lado. Llevaba la cartera colgada del hombro y una expresión de angustia que él no había notado antes.

—¿Ocurre algo? —preguntó Clifton.

—Estoy a punto de ver el cadáver de mi hermana, a quien algún loco ha matado dándole un golpe brutal en la cabeza —dijo ella con amargura y comenzó a bajar la escalera de la entrada en dirección al camino—. ¿Tú qué crees?

Capítulo 37

Cuando Angie Dawson y Clifton Gilford llegaron a la estación de Policía, Hartfield y Nettle esperaban en el vestíbulo.

Apenas entraron, el inspector se acercó a la mujer.

—Lamento no haber estado aquí en la mañana —dijo Hartfield—. Pero ahora estoy a su entera disposición.

—Y yo lamento que sus tantísimas ocupaciones lo mantengan alejado de la investigación, inspector Hartfield. Preferiría que alguien más comprometido se estuviera ocupando del caso.

—Que no haya estado aquí, señorita Dawson, no significa que no haya estado trabajando.

Dawson asintió, pero no dijo una palabra.

—Creo que no hago falta aquí —dijo Gilford—. Así que mejor me retiro y los dejo para que conversen tranquilos. Volveré a la posada y, Angie, si luego deseas que venga por ti, me avisas.

Clifton esperaba que aquello no fuera necesario: quería descansar un par de horas, al menos, antes de volver a pasar en vela otra noche.

—Eso no será necesario —advirtió Hartfield, conociendo perfectamente el cansancio de Gilford—. Le pediré a Connors que la lleve.

Gilford agradeció al inspector y luego, una vez que hubo saludado a todos con un gesto de cabeza, abandonó el edificio en dirección a la posada.

—¿Iremos a la morgue ahora mismo? —preguntó Angie.

—Primero quisiera conversar un momento con usted.

—Preferiría sacarme el asunto de la morgue lo antes posible, inspector. Es el trago más amargo que he tenido que soportar en toda mi vida y desearía pasarlo cuanto antes.

—Primero hablaremos —dijo, inflexible, el inspector.

Hartfield deseaba tener una larga conversación con la mujer y, aprovechando que Dawson ni siquiera había visto fotos del cadáver, intentaría llevarla por un camino donde ella cometiera un error.

Si, por ejemplo, ella manifestaba saber de qué lado de la cabeza había sufrido el golpe Doris, el inspector tendría otro indicio acerca de la culpabilidad de la hermana de la víctima. Pero si él permitía que ella viera el cadáver antes de mantener dicha conversación, la ventaja que ahora poseían se esfumaría por completo.

—Como prefiera, inspector —dijo ella por fin—. Usted manda.

Hartfield, entonces, hizo un gesto con la mano invitando a Dawson a pasar y luego él la siguió.

Nettle también los acompañó.

Pero en lugar de dirigirse a su despacho, el inspector Hartfield guio a Dawson hacia una sala de interrogatorios. Eso también podía jugar en su favor. Él sabía que un sospechoso que está angustiado, incómodo y nervioso comete errores, y eso era justamente lo que él esperaba; es decir, que Angie Dawson cometiera una torpeza que la expusiera. Que la dejara vulnerable y que, con suerte, la hiciera confesar.

Toda la evidencia que poseían era circunstancial y podía borrarse de la mesa en un santiamén.

Con una confesión el asunto sería diferente.

Una vez acomodados en la sala de interrogatorios, Lloyd Hartfield observó el comportamiento de Dawson. No se la veía nerviosa. El inspector pensó que si Dawson estaba fingiendo, era la mujer con la sangre más fría del mundo.

—Usted dirá, inspector —dijo Dawson muy calmada pero muy seria—. ¿De qué quiere hablar conmigo?

—Fundamentalmente, señorita Dawson, lo que deseo saber es por qué me ha mentido.

—Yo no le he mentido, inspector —respondió ella muy digna. Sin embargo, Hartfield notó cómo la fachada de calma que hasta ahora había mostrado la mujer comenzaba a resquebrajarse.

—Sí que lo ha hecho.

—¿Cuándo? ¿En qué?

—Cuando hace unos días la visité en su casa de Nueva York, yo le pregunté si había hablado con su hermana. Y usted me dijo que no.

—Yo no…

—Sargento, ¿sería tan amable de leer la transcripción de lo que la señorita Dawson me dijo en su casa?

—Con gusto.

Nettle abrió una carpeta y sacó una hoja de papel que tenía algo escrito. Luego leyó en voz alta.

—«¿Habló con ella en esos días?», preguntó Hartfield. «No mucho. Ya no éramos cercanas», respondió Dawson.

—En mi barrio —dijo Hartfield—, a eso se le llama mentir.

—Pues yo no le he mentido. Yo no hablé con Doris.

—Tenemos los registros telefónicos, señorita Dawson. Y sabemos que Doris la llamó a usted al móvil la tarde anterior de su muerte.

—Sí, pero…

—Y sabemos también que, esa misma tarde, usted la llamó a la posada desde su móvil. La llamada duró quince minutos.

Angie Dawson comenzó a removerse, inquieta, en su silla. Se puso pálida y bajó la mirada.

—¿Puede explicar la razón de su mentira, señorita Dawson?

—Sí —respondió desafiante y levantó la mirada para clavarla, furiosa, en los ojos del inspector—. Claro que puedo.

—Soy todo oídos, entonces.

—Yo hablé con Doris, es verdad, pero no quería que William supiera eso. Y como usted iría a verlo, elegí no revelarle nada que pudiera llegar a los oídos de ese cerdo.

—¿Y qué importancia podía tener para él que usted hubiera hablado con su hermana por teléfono?

—Usted lo sabe perfectamente, inspector.

—No, no lo sé. ¿Por qué no me lo dice?

—Si William Gabereau se hubiera enterado de que mi hermana se había ganado la lotería, él cerdo hubiera movido cielo y tierra para quedarse con ese dinero.

—Bueno —dijo Hartfield—, ¿así que usted sabía sobre eso?

—Y usted sabía que yo lo sabía, así que no se haga el desentendido.

—Según Gabereau, usted está en la ruina. Dijo, incluso, que seguro iba a ir a pedirle dinero a él para poder afrontar los gastos del funeral.

—Sí. Estoy en la ruina. ¿Y qué?

—Ahora ya no lo está —interrumpió Nettle—. Siendo la única familiar viva de la señorita Gabereau, usted hereda todo el dinero.

—¿Y por eso creen que la maté?

—Nosotros no hemos dicho eso —dijo el sargento.

—¿Y por qué me interrogan aquí?

—El dinero siempre es un buen motivo para cometer un homicidio, señorita Dawson.

—Salvo que si mi hermana estuviera viva, me hubiera donado la mitad de ese dinero. Me lo dijo. Y ahora, si me acusan del homicidio, no heredaré nada. ¿No es así?

—Sí. Bueno…

—Mire, inspector, estoy siendo sometida a un interrogatorio sin la presencia de un abogado. Y, de alguna manera, usted está insinuando que yo asesiné a mi hermana. Así que haremos de cuenta de que esto no ha ocurrido y me iré de aquí.

—Yo... —A Hartfield, la actitud de Dawson lo sorprendió. Sobre todo porque no esperaba que la mujer aceptara tan pronto haberle mentido y porque la causa que manifestó para haberlo hecho resultaba verosímil.

—Salvo que esté detenida, por supuesto. ¿Lo estoy?

—No.

—Muy bien —dijo y se puso de pie—, entonces esta conversación se ha terminado. ¿Puede usted llevarme a la morgue para poder terminar con el papeleo lo antes posible y darle sepultura a mi hermana?

—John, acompaña a la señorita Dawson a la morgue.

—Sí, jefe.

Dawson y Nettle salieron de la sala de interrogatorios mientras un confundido inspector pensaba el siguiente paso.

Capítulo 38

Angie Dawson terminó el trámite en la morgue. Luego de reconocer el cadáver de su hermana, firmó unos documentos y se fue de la estación sabiendo que tendría que aguardar cuarenta y ocho horas, al menos, para que el cuerpo le fuera entregado.

Una vez que se hubo ido, Hartfield volvió a su despacho. Él tenía intención de cruzarse con ella nuevamente, pero buscaría hacerlo en otro contexto.

Así que, desde su oficina, llamó a Gilford para informarle que suspenderían la vigilancia por aquella noche y para pedirle que al día siguiente llevara a Angie al club de golf. Si era ella quien había asesinado a Doris Gabereau, también ella fue quien enterró el *driver*. Su plan era llevarla al campo, donde tal vez —con mucha suerte— alguien la reconocería.

***

—Connors —llamó el inspector al oficial, que en un minuto estaba de pie junto a la puerta del despacho.

—Dígame, jefe.

—Comunícate con el *caddie*.

—¿Con Medina?

—Con Medina, sí. Hazle llegar la foto de Angie Dawson. No lo creo muy probable, pero quiero saber si la ha visto en el club alguna vez.

—Muy bien, jefe —dijo Connors—. Lo haré ahora mismo.

Una vez que Connors volvió a su escritorio, Hartfield, al fin, tuvo tiempo para leer el informe que le había dejado Gilford.

No encontró nada muy interesante allí, solo la hora en que Eleanor Travis escuchó el grito, dato irrelevante pero nuevo.

El inspector no se explicaba por qué no sabían exactamente a qué hora había sucedido aquello.

Lo que sí interesó a Hartfield, más como un chisme que como un dato relevante para la investigación, era el asunto del dinero.

Él sabía que en la posada las cosas no iban bien, pero no sabía que fueran tan mal.

Supuso que Gilbert Travis no se sentiría devastado con aquel asunto, a fin de cuentas, hacía tiempo que el viejo posadero quería largarse a algún sitio cerca del mar —tal como el anciano le había contado a Lloyd en varias oportunidades con un trago de por medio—, pero aquello sí que sería terrible para Eleanor.

El inspector cerró la carpeta que contenía el informe y decidió irse a casa.

Necesitaba descansar. El día siguiente sería duro. Y ya no le quedaba mucho tiempo. En cuarenta y ocho horas, Dawson se largaría.

Si quería obligarla a quedarse en el pueblo, tendría que acusarla. Pero para ello necesitaba pruebas.

El problema era que comenzaba a creer que las pruebas no existían.

Y no existían porque, muy probablemente, Angie Dawson no había asesinado a su hermana.

—¡Maldita sea! —exclamó—. Espero estar equivocado. Porque si no, estaríamos como al principio.

Capítulo 39

En Stowe el día amaneció radiante.

En el salón comedor de la posada, mientras a los dos únicos huéspedes les servían el desayuno, el sol entraba haciendo que todo brillara y cobrara una calidez nueva.

Gilford, sentado otra vez a la misma mesa que Angie Dawson, pensaba el mejor modo de sugerirle que lo acompañara al club de golf.

En la situación en la que se encontraban, no era una cosa sencilla. Jugar al golf podía resultar algo frívolo si se tenían en cuenta las razones de la presencia de Dawson en el pueblo.

Pero el inspector le había pedido al reportero que la llevara allí, y él debía cumplir con su parte.

Así que decidió intentar con un enfoque sentimental, algo nostálgico tal vez, y que le quitara frivolidad al asunto.

—¿Qué harás el día de hoy, Angie? —preguntó Clifton después de que la señora Travis les hubiera servido el café.

—No lo sé —dijo ella mientras untaba mantequilla en una tostada—. Ya he terminado con los trámites, así que…

—Quiero proponerte algo, aprovechando que el día está precioso.

—¿Algo como qué?

—Doris me contó que, cuando eran niñas, su padre solía

llevarlas a jugar al golf. ¿Es cierto eso?

—Lo es, sí.

—Bien. No quiero que pienses que soy un insensible ni nada por el estilo, pero se me ocurrió llevarte al club de golf. Stowe tiene un magnífico campo que a Doris le encantaba. Y pensé que, como un homenaje hacia ella y a tu padre, podríamos ir allí a jugar un poco. ¿Qué opinas? Yo creo que es una gran idea.

—Al menos no es una muy mala, Clifton —dijo Angie, sonriendo, mientras se le llenaban los ojos de lágrimas—. Jugar al golf era una de las pocas cosas que compartíamos. Y era muy especial para nosotras porque nos traía recuerdos familiares.

—¿Entonces? ¿Qué dices?

—Creo que sería una idea estupenda. Pero no he traído mis palos.

Eleanor se acercó a la mesa ofreciendo más café y volvió a llenar las tazas de Clifton y Angie.

—Señora Travis —dijo el reportero—, ¿tendría usted alguna bolsa con palos de golf para prestarnos? Nos gustaría ir a jugar un poco.

A Angie la incomodó que la señora Travis pudiera pensar que se iban de juerga, dado el motivo tan triste por el que se encontraba ahí. Así que le explicó la razón por la que deseaban ir al club.

—¡Es una idea encantadora! —dijo Eleanor—. Además el campo es muy bonito, y en esta época del año no hay muchos turistas. Si van, pasarán un día encantador. Y por supuesto que sí puedo prestarle una bolsa, señorita Dawson. Pero no cualquier bolsa: le daré la mía. Para estar presente en ese momento. Como el homicidio ocurrió aquí… En fin. Me gustaría colaborar de algún modo.

Y así fue.

Una hora después, Gilford y Dawson partían hacia el campo de golf.

Tal cual había sido convenido con Hartfield, el reportero le avisó que estaban yendo al club. Pero deseó que el inspector no llegara de inmediato.

Gilford comenzaba a pensar que la aflicción que Angie Dawson mostraba por la muerte violenta de su hermana era genuina. Y deseaba poder mantener en la intimidad aquel momento que, él sintió, funcionaba como una despedida. Como el adiós que ni Angie ni él habían podido decirle a Doris.

Ella no se comportó bien con él. Lo excluyó de su vida cuando supo que tenía dinero y que ya no lo necesitaba.

Y aquello le había dolido. ¡Claro que le había dolido! Pero los sentimientos que tuvo hacia Doris fueron genuinos, independientemente de lo que ella hubiera hecho, de cómo procedió con él.

Así que Clifton también necesitaba esa despedida. Y compartir ese momento con otra persona que la quiso era aún mejor.

Al llegar al campo les ofrecieron contratar un *caddie* o alquilarle un carrito, pero decidieron no aceptar ni una cosa ni la otra.

En tan espléndido día, caminar era una excelente alternativa. Y el motivo por el que estaban allí pedía soledad. No querían a ningún extraño interviniendo.

Así que juntos, y muy despacio, caminaron por el césped impecable del campo de golf.

Hoyo tras hoyo, pasaron una tarde amena en la que Clifton descubrió que Angie era una mujer amable. Y que jugaba al golf con el estilo de una profesional.

—Si hubiera sabido que eras tan buena —dijo él—, no traía mis palos y me convertía en tu *caddie*.

—No es para tanto —dijo ella justo antes de un *swing* en el hoyo doce—. Pero sí, soy muy buena.

Entonces soltó una carcajada porque el golpe había sido perfecto.

—¡Tienes que enseñarme a golpear así!

—Son muchas las cosas que determinan un buen *swing*, Clifton —dijo ella mientras el reportero se acomodaba para golpear—. Todo, desde la postura, la presión del *grip*, el ritmo... Incluso la velocidad del *swing*. Todo es importante. Pero algo que suele ser pasado por alto, a lo que muchos no dan ninguna importancia, es al recorrido que el palo hace hacia la pelota. En otras palabras: la dirección del *swing*.

Clifton la miraba fascinado. Daba la sensación de que, cuando jugaba al golf, Angie Dawson se convertía en otra persona. La enfermera amargada que llegó dos días antes se había esfumado, dando lugar a esa golfista casi profesional que parecía brillar en el campo y que destilaba un entusiasmo que Clifton, reportero neoyorquino y algo cínico, hacía mucho tiempo no veía.

—Eso es lo que quiero explicarte —continuó ella mientras observaba el modo en que el reportero se paraba y la forma en que tomaba la empuñadura—. Uno puede salirse con la suya con un *grip* que es demasiado tenso o incluso con una postura demasiado encorvada, pero si quieres pegar golpes sólidos y hacer que la pelota vaya en la dirección correcta es importante tener un recorrido adecuado.

—¿Y eso cómo lo logro? —preguntó él con humildad. Admitiendo, de modo tácito, que ella era mucho mejor golfista.

—Bueno, eso dependerá del palo que estés usando —dijo Angie mientras se colgaba la bolsa al hombro y comenzaba a avanzar hacia el hoyo trece.

—¿No vas a explicarme? —preguntó el reportero, que todavía no había logrado hacer el *swing*, algo cohibido con tantas instrucciones.

—Claro que no —dijo ella sonriendo—. Una chica nunca debe contar todos sus secretos.

Capítulo 40

Cerca del hoyo catorce las cosas cambiaron.

Es que, con su propia bolsa, el inspector Hartfield esperaba por allí.

Simulando que jugaba, manipulaba sus palos observando con disimulo hacia Dawson y Gilford, que se acercaban al hoyo.

No entendía por qué Clifton no le había notificado que ya estaban en el club.

Como se estaba haciendo tarde, el inspector se comunicó a la posada preguntando por él y la señora Travis le informó dónde estaban.

Así que, ni lerdo ni perezoso, se dirigió al campo para tomarlos por sorpresa.

La elección de encontrarlos en el hoyo catorce no había sido casual en absoluto.

Aquella era la forma en que Hartfield, una vez más, quería conocer la reacción de la hermana de Doris cuando se enfrentara al sitio donde el arma asesina fue escondida.

—¡Inspector Hartfield! —exclamó Gilford al ver al hombre. No tuvo que fingir sorpresa, ya que, como él no le había avisado que se encontraban allí, la sorpresa fue genuina.

—Señor Gilford —dijo Hartfield, que sí fingió sorpresa—, señorita Dawson, no imaginé verlos por aquí.

—Veo que los avances en la investigación por el homicidio de

172

mi hermana siguen muy bien —dijo Angie Dawson perdiendo de pronto la alegría que había mostrado hasta hace pocos minutos.

—¿Por qué lo dice? —preguntó el inspector haciéndose el idiota. Sin embargo, la indignación de la mujer parecía real. Y eso lo desconcertaba y lo convencía más y más sobre la inocencia de la mujer.

—Porque veo que además de sus múltiples actividades sociales, también tiene tiempo para jugar al golf en horario laboral.

—El cuerpo debe cuidarse, señorita Dawson —dijo Hartfield y se pasó una mano por el abdomen—. El cuerpo hay que cuidarlo.

—Ojalá mi hermana pudiera decir lo mismo.

Hartfield, fingiendo ignorar el comentario de Angie Dawson, con mucha tranquilidad, acomodó la pelota, eligió un palo y con un *swing* bastante decente la envió lejos de allí.

—¡Vaya! —dijo mirando sonriente al reportero y a la chica—. ¡Es la primera vez que no se me pierde la pelota en ese montecito de zarzas!

Entonces señaló el lugar en el que había encontrado un par de días antes el arma homicida.

Hartfield quería observar la expresión de Dawson cuando le mostrara el lugar, pero la joven apenas si miró hacia donde señalaba el inspector. Y en cambio, se acercó al punto del hoyo catorce, desde donde iba a efectuar su propio golpe.

Mientras Dawson se preparaba, Hartfield y Gilford se miraron.

Sin palabras, ambos hombres parecieron entenderse.

Angie, otra vez con un *swing* digno de una profesional, envió la pelota lejos con mucha precisión.

Entonces llegó el turno del reportero. Mientras él se preparaba, el inspector se acercó a Angie Dawson.

—Hay algo que me intriga, ¿sabe? —dijo el inspector sin mirar a la mujer. Manteniendo sus ojos sobre Gilford.

—¿Y qué es? —preguntó Dawson, que también miraba al

reportero——. Si puedo saberlo, claro.

——¿Por qué mintió?

Dawson giró su rostro en dirección al inspector y luego soltó una carcajada cargada de amargura.

——¡Pero eso ya lo hemos aclarado antes, inspector! ¿Por qué en lugar de hostigarme a mí no se dedica seriamente a encontrar al maldito que le partió la cabeza a Doris?

——¿Va usted a enseñarme a hacer mi trabajo, señorita Dawson?

——Nada más lejos de mí, inspector.

Hartfield, entonces, miró a Dawson de frente.

——No me refiero a esa mentira que ya hemos aclarado. Estoy hablando de la otra.

——¿De qué otra?

——De la que tiene que ver con su coartada.

A esas alturas, a Hartfield no le preocupaba mucho saber dónde había estado la mujer la noche del homicidio ni por qué le había mentido, pues tenía la convicción de que Angie Dawson tampoco era la persona que buscaba. Pero debía tener toda la información para no dejar nada al azar.

Aquel caso ya les había causado suficientes dolores de cabeza como para agregarle problemas tontos, como errores administrativos.

——¿Con mi cortada? ¿A qué se refiere, inspector?

——¡Eso es! ——exclamó Gilford en ese momento.

Dawson y Hartfield miraron sobresaltados al reportero, que se dio vuelta con una sonrisa que se congeló en su rostro al ver las caras de los otros dos.

——¿Acaso no vieron el tiro que acabo de hacer? ¡Maldición! Para una vez que doy un buen golpe, nadie lo ve.

Ni Hartfield ni Dawson sonrieron, no era momento.

Entonces los tres escucharon que se acercaba un carrito. Y un minuto después lo vieron aparecer detrás de una colina.

El inspector reconoció enseguida a quien venía conduciendo. Se trataba de Medina, el *caddie*.

Connors se había comunicado con él la tarde anterior y le hizo llegar la foto de Angie Dawson. Pero él no estaba seguro y le pidió al inspector verla en persona.

A Hartfield aquello le pareció bien, sobre todo porque podía constituir otro elemento de presión para la mujer.

—¡Inspector! —exclamó el *caddie* apenas bajó del carrito—. Disculpe la demora, pero no he podido venir antes.

—No se preocupe, Medina —dijo el inspector—. Le presento a Angie Dawson y a Clifton Gilford.

El *caddie* extendió la mano para saludar a ambos y se detuvo un segundo más de lo aconsejable en el saludo a la mujer. La miró fijamente.

Luego bajó la vista y volvió a mirar a Hartfield, negando apenas con gesto casi imperceptible para cualquiera que lo hubiera estado esperando.

El inspector comprendió de inmediato que el hombre jamás había visto a Dawson en el club.

Así que decidió liberarlo: ya no lo necesitaban allí.

Una vez que Medina se marchó, Hartfield volvió a la carga con Dawson.

—¿Y bien?

—¿Y bien qué? —preguntó ella, que ya tenía la bolsa al hombro, dispuesta a caminar hacia el hoyo quince.

—¿Qué me dice sobre su coartada? —Hartfield también se colgó la bolsa al hombro, decidido a seguir junto a la mujer hasta que ella le diera una explicación sobre lo que le estaba preguntando.

—Ya se lo dije aquella tarde en mi casa, inspector. —Dawson se detuvo un instante y se dio vuelta para mirar si Gilford los acompañaba. Cuando lo vio acercarse, continuó la marcha—. Estaba trabajando en el hospital.

—En el hospital dicen que usted se tomó la tarde libre.

—Se equivocan.

—¿El registro de personal se equivoca?

—Si dice que me fui antes, sí, lo hace. Se equivoca de medio a medio.

El grupo llegó andando hasta el hoyo quince, que presentaba cierta dificultad porque tenía un espejo de agua.

Angie bajó la bolsa y se dispuso a estudiar su contenido.

—Yo que tú le pegaría con el *driver*, Angie —dijo Clifton.

—Yo también lo haría —admitió ella—. El problema es que no tengo uno.

—¿Cómo que no tienes el *driver*? —Clifton dejó caer su bolsa y se acercó para revisar—. ¡Si es el juego de Eleanor Travis! Con lo perfeccionista que es esa mujer, no puede ser que te haya dado un juego sin el *driver*.

El radar mental de Hartfield también se activó.

—Pero lo hizo. ¿Por qué tanto alboroto? Puedo usar otro. Además, la señora Travis debe tenerlo en la posada. Y aun si no lo tiene, no habrá ninguna dificultad en reponerlo.

El inspector y el reportero se miraban fijamente, intentando mantenerse serenos.

—De hecho —continuó Dawson—, pensé en comprarle uno al salir de aquí más tarde. Son palos Callaway, y seguro podré...

—¿Ha dicho Callaway? —preguntó el inspector Hartfield ya sin hacer ningún intento por mantener la calma.

—Sí —dijo Angie Dawson—. Es una marca muy común. ¿Qué tiene de extraño?

—¿Y estás segura de que en la bolsa el *driver* no está? —insistió Gilford.

—Es un palo grande como para haberlo pasado por alto —respondió Dawson algo fastidiada—, pero de todos modos he revisado dos veces. Estoy segura. El *driver* no está aquí.

Lloyd Hartfield, incrédulo, se quedó en silencio.

Ahora sí estaba seguro de saber quién había asesinado a Doris Gabereau.

Y, por supuesto, el tema de la coartada de Angie Dawson ya no podría importarle menos.

Capítulo 41

Después del hoyo quince, el inspector Hartfield le pidió a Gilford que se encontrara con él, más tarde, en la estación.

—A solas —le aclaró para que al reportero no le cupiera ni una duda acerca de que Angie Dawson no debía acompañarlos.

Así que, luego de dejar a Angie en la posada, Clifton Gilford se dirigió a la estación para reunirse con el inspector.

—¿Qué opina usted, Gilford? —le preguntó Hartfield al reportero una vez que ambos hombres estuvieron a solas.

—¿Sobre el asunto de la bolsa de la señora Travis?

—En efecto.

Hartfield se puso de pie y buscó en un pequeño refrigerador que tenía en el despacho dos latas de cerveza.

Las abrió y le dio una a Gilford mientras él le daba un largo trago a la suya.

—¿Bebe mientras está en servicio? —preguntó Gilford solo con la intención de molestar—. Lo digo porque no es algo muy profesional, ¿no? Y además es bastante irresponsable y tonto si luego se va a su casa en la moto esa que tiene.

—Hace dos horas que terminó mi turno —dijo Hartfield, sonriendo a su pesar—. Y aquí me ve. Una cerveza es una concesión nimia a cambio de las horas de más que le regalo a este empleo que va a hacer que me divorcie de mi mujer.

—Es verdad. La señora Travis y su esposa son amigas. ¿No es así?

Hartfield inspiró y luego asintió. Al final tomó un largo sorbo.

—Hay algo que hace unos días quiero contarle, pero no he tenido la oportunidad de hacerlo. Creí que no era importante, pero dados los últimos acontecimientos…

—Déjese de vueltas, hombre, y vaya al punto, ¿quiere?

Entonces Clifton le relató al inspector la conversación entre Lilian y Emily que escuchó por accidente un par de días antes.

—Que la posada tiene algunos problemas, ya lo sabemos. Eso no es ninguna novedad.

—Por lo que manifestaron, tiene más que algunos problemas, inspector: yo diría, más bien, que están al borde de la bancarrota.

—No creo que sea para tanto.

—Por lo que tengo entendido, sí lo es.

—De todas formas, a mí lo que más me interesa de ese diálogo que usted escuchó por accidente…

—Tan por accidente no fue.

—Bien. Dejémoslo en que fue por accidente. Le decía que lo más importante es eso que dijo una de las mujeres.

—¿A qué se refiere?

—A que Eleanor Travis haría cualquier cosa por mantener la posada.

—Pero usted no pensará que…

—Cualquier cosa, es cualquier cosa, Gilford —dijo el inspector—. ¿No lo cree? Y si estaba dispuesta a hacer cualquier cosa, puede que Eleanor Travis estuviera dispuesta a matar.

—Pero si así fuera, inspector —dijo Clifton—, el dinero no lo obtuvieron. Entonces, ¿para qué matarla?

—¿Un accidente? Puede que la haya asesinado y que luego no haya podido encontrar el boleto.

—Tal vez.

—Creo que voy a volverme loco con este caso. Cada idea me lleva a un callejón sin salida. Pero, por ahora, un tal vez es suficiente.

Capítulo 42

—¿Tú me estás diciendo que Eleanor Travis es quien asesinó a Doris Gabereau? —El sargento Nettle no podía creer lo que estaba escuchando—. ¿Has perdido la razón, Lloyd? ¡Pero qué dices, hombre!

Hartfield, nervioso, se restregaba la boca.

Desde su regreso del club de golf había meditado mucho en todo el asunto y, después de su conversación con Gilford, llegado a la conclusión de que esa era una posibilidad a tomar en cuenta: Eleanor Travis podría ser la asesina de Doris Gabereau. Tenía el motivo y la oportunidad. Había estado en el lugar del crimen todo el tiempo y, posiblemente, el palo homicida era de ella. Al menos eso parecía.

Así que, después de que el reportero se fue, se encerró en su despacho y llamó a Nettle para hablar con él.

—¿Tú crees que puedo bromear con una cosa semejante, John? —dijo Lloyd molesto—. ¿De verdad crees que soy tan imbécil?

—No, pero puedes estar equivocado. A fin de cuentas, ya nos hemos equivocado antes, ¿o no? Y con Angie Dawson estabas igual de convencido. ¿Y ahora qué ocurrió? ¿Cuál fue la revelación que te ha hecho cambiar de sospechosa?

—No estaba igual de convencido, John. —Hartfield hizo un

gesto con la cabeza, como negando lo que Nettle afirmaba.

—¡Vamos, Lloyd! Sé honesto conmigo.

—Puede que al principio creyera que Dawson era la homicida, está bien. Pero tú sabes perfectamente que después de aquella primera noche en la posada, en el momento que la vi dudar hacia dónde ir después de registrarse, mi certeza se esfumó. Esto es diferente.

—A ver. —Nettle levantó los brazos como si se rindiera, como si no quisiera discutir, y se sentó frente a Lloyd dispuesto a escuchar sus explicaciones—. Dime por qué es diferente. Si me convences, y no digo que puedas lograrlo, te respaldaré en esto.

—Eleanor Travis le prestó a Angie Dawson una bolsa que contenía sus palos de golf —dijo Hartfield como si eso lo explicara todo.

—¿Y? —preguntó Nettle, que no entendía nada de lo que el inspector intentaba, muy torpemente, explicar.

—A esa bolsa le falta el *driver*, John. Y son palos Callaway, para más datos.

—Puede que a mí también me falte el *driver*. O que, al menos, me haya faltado alguna vez. Si eso me convierte en sospechoso…

—A ver, déjame terminar.

—Y, por cierto —dijo Nettle interrumpiendo—, mis palos también son Callaway. Son los más comunes. Te menciono esto solo por si no lo recuerdas.

Nettle sonaba fastidiado. Lo que Hartfield le decía no tenía ni pies ni cabeza.

Pero, por otro lado, conocía al inspector lo suficiente como para saber que no estaba loco. Tampoco tenía ninguna razón personal para involucrar a Eleanor Travis en aquel asunto. Así que le tendría un poco más de paciencia y le daría la oportunidad de explicarse.

—Déjame que te explique. Y no me interrumpas.

—Por favor, hazlo. Y no te enredes, que no comprendo nada

de lo que dices.

—Ayer por la tarde, al fin, leí el informe que me trajo Gilford el día siguiente al que «embriagó» a la señora Travis. ¿Recuerdas?

—Sí...

—En el informe, Gilford cuenta que habló con Eleanor acerca del grito que ella escuchó cuando podaba las rosas en el jardín. Él le preguntó a ella si recordaba a qué hora había sido el asunto del grito. Y Eleanor le respondió que a eso de las dos de la tarde.

—Eso ya lo sabíamos —dijo Nettle, intentando recordar si lo sabían o no y preguntándose qué demonios tendría que ver aquello con lo que Hartfield intentaba explicar.

—No lo sabíamos —negó el inspector—. He leído la transcripción de todas las declaraciones y ese dato no figura en ninguna parte.

—¿Cómo pudimos omitir eso? ¡No es posible!

—No lo sé. Pero lo hicimos.

—¿Y entonces?

—Entonces volví a pensar en el motivo de aquel grito al que todos consideramos irrelevante, pero que, a la luz de los nuevos datos, puede ser crucial.

—Lo era, Lloyd. Doris estaba sola, bajó a cenar. El grito fue mucho antes.

Lloyd se puso de pie y empezó a caminar por el despacho.

—Mira —dijo deteniéndose junto a la ventana y mirando fijo al sargento—. Si te digo la verdad, yo nunca estuve muy convencido de que no fuera relevante. Así que empecé a pensar en posibles razones que pueden llevar a una persona a gritar: miedo, dolor, ira, frustración, alegría, sorpresa...

—¡Sorpresa! ¡Eso es!

—Exacto. —Hartfield supo que Nettle, al fin, había llegado a la misma conclusión que él, pero decidió seguir explicando todo para no perder el hilo—. Sorpresa porque justamente a las dos de la tarde, en la televisión, dieron los resultados de la lotería. Doris gritó de sorpresa y júbilo al escuchar los resultados. Y cuando Eleanor se presentó a su puerta, Doris no dijo nada. Ya sabemos que se lo ocultó a casi todo el mundo.

—¿Tú crees que Eleanor supo en ese momento que Doris había ganado la lotería? ¿Que se había convertido en millonaria de un momento para otro?

—No, creo que no.

—¿Entonces?

—No creo que Eleanor lo haya sabido. Lo que sí creo es que la intriga le picó lo suficiente como para, aquella tarde, escuchar la conversación que Doris Gabereau tuvo con Angie Dawson.

—Pero...

—Espera —dijo Hartfield y volvió a sentarse. Luego buscó en sus cajones hasta encontrar la carpeta que contenía la transcripción del testimonio de Angie Dawson—. No olvides que fuiste tú quien me dijo que Angie llamó a Doris a la posada y que mantuvieron una conversación como de quince minutos.

—Pero eso no significa que Eleanor haya contestado, menos que haya escuchado.

—¿Y quién iba a hacerlo?

—Lilian, por ejemplo.

—¿La mucama? ¡Olvídalo, John! Recuerda que, cuando la entrevistamos, ella misma nos dijo que no sabía si Doris había bajado a cenar la noche del homicidio porque ella no trabajaba en las noches. Pero luego Gilford me contó una conversación muy interesante entre Lilian y la cocinera... —El inspector rebuscaba entre sus papeles para dar con el nombre que se le había olvidado—. ¿Cuál es su nombre?

—¿Emily?

—Eso es, Emily. Que Lilian y Emily estuvieron hablando de que en la posada había recortes de gastos y de personal. No, aquella noche no había empleados en la recepción, John. El teléfono tuvo que responderlo Eleanor.

—También pudo responder Gilbert.

—¿Alguna vez has visto a Gilbert Travis contestar el teléfono, John?

—Bueno, no. Pero…

—Ahí lo tienes. Ella debe haber escuchado la conversación, y así supo que Doris Gabereau había ganado la lotería.

—¿Y por qué iba a quedarse Eleanor Travis escuchando una conversación ajena? —preguntó Nettle, a quien la historia no convencía para nada—. Ella no es de ese tipo de personas.

—Porque se había quedado muy intrigada por aquel grito. ¿Por qué va a ser?

—Y dime, Sherlock —dijo Nettle bastante alterado por todo el asunto—. ¿Cómo hizo la señora Travis para escuchar la conversación? Porque, que yo sepa, la posada no tiene una operadora que pueda estar escuchando las conversaciones como se hacía años atrás.

—Eso no lo sé, pero voy a descubrirlo pidiendo una orden al juez que me permita revisar todo el sistema de comunicaciones de la posada.

—El juez no va a autorizar otro operativo si no vamos con pruebas concretas, Lloyd. No otra vez.

—Arrestaremos a Eleanor y la haremos confesar. Pero que es ella, es ella.

—Mira, hasta ahora todo en este maldito caso es completamente circunstancial —dijo Nettle, a quien no le gustaba en absoluto el camino por el que estaban yendo las cosas—. Y ya nos hemos equivocado antes. Acusar por error a Eleanor Travis, uno de los miembros más respetados de esta comunidad, no será buena idea a menos que tengamos más elementos.

—Y los tenemos.

—¿Qué tenemos?

—Los informes de Clifton Gilford.

—¿A eso le llamas más elementos, Lloyd? —estalló Nettle—. ¡Por favor! No me hagas reír. Esos informes son solo chismorreo barato de empleados enojados. Nadie en su sano juicio va a aceptar eso en una corte.

—Es cierto —admitió el inspector—. Pero me da los elementos suficientes como para arrestarla una noche.

—Con Angie Dawson los elementos eran más contundentes y no la apresaste.

—Iba a hacerlo, ¿o a qué crees que fui al campo de golf? ¿A jugar un poco? Pensaba acorralarla con el tema de la coartada, pero se presentó el asunto del *driver* y entonces lo vi todo con claridad.

—Pues deberías comprarte unos buenos anteojos, viejo —dijo Nettle y se puso de pie—, porque últimamente ves bastante mal. Y de claridad, nada de nada. Te lo digo yo.

—¿A dónde rayos vas? —preguntó el inspector al ver que el sargento se iba.

—A mi casa.

—Pero…

—Me voy a casa, Lloyd. Necesito pensar en todo lo que has dicho.

—¿Por qué?

—Porque necesito saber si existe algún fallo en tu lógica. Porque si arrestamos a Eleanor Travis, y nos equivocamos otra vez, terminaremos trabajando como guardias de seguridad en un Walmart. Y no quisiera llegar a eso.

Lloyd Hartfield no dijo una palabra más. Sabía que el sargento tenía razón. Equivocarse nuevamente podía costarles su empleo, y peor que eso, su reputación en la comunidad.

Además, y no era un punto menor, Eleanor Travis era una de las mejores amigas de su esposa.

—¡Maldita sea! —exclamó cuando se quedó solo y dándole un puñetazo a su escritorio—. ¡Por qué cuernos todo en este condenado caso tiene que ser tan difícil!

Capítulo 43

—Encontré un fallo —exclamó Nettle a la mañana siguiente cuando entró en el despacho de Hartfield.

El inspector ya se encontraba allí y, por su expresión, se notaba claramente que había pasado una noche de perros.

—¿Has dormido algo, Lloyd? —preguntó Nettle al ver los círculos oscuros debajo de los ojos del inspector.

—Nada.

El sargento, previendo el estado calamitoso en que encontraría a su jefe, había llevado café negro y se lo dejó sobre el escritorio.

—Toma eso y luego te diré lo que estuve pensando.

Hartfield, de mala gana, se incorporó un poco y se estiró lo suficiente para agarrar el vaso de cartón.

—Dime, ¿cuál es el fallo?

En ese momento tocaron a la puerta.

—¡Pase! —dijo Lloyd.

Clifton Gilford entró en el despacho.

—¿He venido muy temprano? —preguntó el reportero.

—En absoluto —dijo Hartfield.

—¿Le has contado a Gilford tu nueva teoría, Lloyd?

El inspector asintió.

—Eleanor Travis —dijo el reportero como si al mencionarla lo explicara todo—. Pero yo creo que no puede ser.

—Es lo que yo digo —afirmó Nettle—: no puede ser.

—Aquí el sargento estaba a punto de explicarme dónde está la falla en mi lógica.

—Justamente —dijo Nettle mientras Gilford tomaba asiento en una de las sillas ubicadas frente al escritorio—, la falla está en que el *driver* que falta sea el de la bolsa de Eleanor Travis.

—Explícate —pidió Hartfield—, no te sigo.

—Si ella hubiera usado el *driver* para matar a Doris Gabereau, ¿le habría entregado la bolsa en la que faltaba el palo, precisamente, a la hermana de la víctima? Eleanor no es una mujer tonta, Lloyd.

—¿Y entonces? —preguntó el inspector—. ¿Qué sugieres?

—No lo sé, Lloyd. —Nettle se veía frustrado—. Honestamente, no lo sé.

Y Hartfield tampoco lo sabía.

Aquello lo estaba volviendo loco porque el tiempo se agotaba: debía encontrar algo, y ya no se le ocurrían más ideas.

—Yo he venido con Angie —dijo entonces el reportero aprovechando el silencio de los otros dos—. Ella está esperando afuera, junto con una ambulancia que envió la funeraria. —¿Ya está aquí Angie Dawson? —preguntó el inspector con pesar.

Si algo le faltaba a aquel día era tener que ir a la morgue con la última sospechosa del caso.

Ese era el día en que la hermana de la víctima se llevaría el cuerpo. Y era el día en que los periodistas estarían apostados como hienas en la puerta de la estación de Policía —donde también funcionaba la morgue— aguardando el momento en que saliera el coche fúnebre transportando el féretro.

Y luego de eso los mismos reporteros lo acosarían frente a la estación, haciéndole un millón de preguntas que no podría responder, o bien porque no sabía o bien porque, sabiendo, todavía no podía revelar nada.

«Terminaremos como guardias de seguridad en Walmart», había dicho el sargento Nettle.

Y Lloyd Hartfield comenzaba a temer que semejante designio pudiera ser verdad. Porque si se llegaba a filtrar por algún lado que la nueva sospechosa era nada menos que Eleanor Travis, ardería Troya.

Pero él estaba seguro.

Lo ideal sería mantener las cosas como estaban.

Intentar no alertar a la prensa, acompañar a Angie con lo último del trámite y terminar con todo aquello lo antes posible para dedicarse a lo que se tenía que dedicar.

Así que Hartfield inspiró profundamente, exhaló el aire y sosteniéndose en los apoyabrazos de su sillón se puso de pie.

—Acompáñeme, Gilford y terminemos con esto de una vez.

—Voy con ustedes —dijo el sargento.

Y entonces los tres hombres abandonaron el despacho.

***

El trámite fue rápido, y como los empleados de la funeraria conocían muy bien los procedimientos de la morgue y su propio trabajo, las cosas fluyeron fácilmente.

En menos de treinta minutos el cuerpo de Doris Gabereau estaba en la ambulancia que lo trasladaría hasta Nueva York.

—¿Usted irá en la ambulancia también, señorita Dawson? —preguntó Hartfield a la mujer cuando todos estaban a punto de salir.

—No. Yo tomaré un vuelo dentro de un par de horas —explicó ella—. Quiero llegar antes que el cuerpo de mi hermana y poder hacer los arreglos para el funeral.

Hartfield asintió.

—¿Quieres que te lleve al aeropuerto, Angie? —preguntó Clifton. Puedo rentar un auto ya mismo si tú quieres.

—Llévese mi auto —dijo Nettle y le dio las llaves al

reportero.

—Si puedes llevarme me harías un favor —dijo ella.

—Vámonos ya, entonces —dijo Gilford.

Para cargar el cuerpo, la ambulancia ingresó al interior del edificio. En ese momento se abrió el portón que daba a la calle y el vehículo dejó la morgue en dirección a Nueva York.

En los breves instantes que el portón permaneció abierto, una horda de fotógrafos disparó sus *flashes* reiteradamente y los reporteros acercaron sus micrófonos intentando obtener alguna declaración.

—Mi auto está en la calle —dijo Nettle—. Pero hay una salida por atrás. Si salen por allí los reporteros no los molestarán.

—Gracias —dijo Angie y le dio la mano al sargento.

—Buena suerte, señorita Dawson.

Luego Angie miró al inspector.

—Usted no me agrada, Hartfield —dijo ella—. Pero sé que durante estos días estuvo trabajando. No soy tonta, ¿sabe? Sé que me vigilaba. Pero sé también que usted es inteligente. Y que no se le escapa nada. Por favor, inspector, se lo ruego. Atrape al desgraciado que le hizo esto a Doris.

—Haré lo que esté en mis manos —dijo él y extendió la mano para estrechar la de la joven—. Le prometo que no pararé hasta resolver este caso.

—Gracias.

—La llamaré apenas tenga alguna novedad.

—Debemos irnos, Angie —interrumpió Gilford—, o perderás tu vuelo.

—Vengan por aquí —dijo el sargento y los guio hasta la salida.

Hartfield se quedó parado donde estaba, pensando en el mejor modo de cumplir con la promesa que le acababa de hacer a Angie Dawson, y que, en silencio, también le había hecho a Doris Gabereau.

Capítulo 44

Aquella noche, el inspector Hartfield volvió a sufrir de insomnio. Se removía inquieto en la cama intentando encontrar una salida para su dilema: arrestar a Eleanor Travis y, en el ámbito de la estación de Policía, someterla a un interrogatorio para que confiese —lo que ni de lejos era su estilo—, o bien hablar cara a cara con ella y ver si de dicha conversación surgía un camino que evite tener que detenerla.

Porque Lloyd Hartfield, con los elementos que tenía, con las pistas que había recabado, estaba seguro de que Eleanor era la asesina. ¡Si incluso fue al campo de golf el día siguiente del homicidio! Lo había verificado en las cámaras del club, donde aparecía conduciendo la camioneta de Gilbert y entrando al aparcamiento. ¡Había tenido la oportunidad perfecta para enterrar el arma homicida!

Pero, claro, por otro lado, se trataba de Eleanor Travis, nada más y nada menos.

Una mujer a la que él había conocido toda su vida. A la que él creía incapaz de matar una mosca. A la que apreciaba y con quien mantuvo un trato fluido en los últimos años como consecuencia de la amistad que Eleanor mantenía con Gwyneth, su esposa.

Después de dar muchas vueltas en la cama y de meditar su siguiente paso, por fin se decidió.

Antes de hacer nada, iría a la posada a hablar con Eleanor y recién después tomaría una decisión.

***

A eso de las ocho de la mañana, Lloyd Hartfield llegó en su motocicleta a la posada de los Travis.

El día estaba gris, y todo por allí lucía triste y algo mustio. La falta de huéspedes le daba un aire solitario que empeoraba la sensación de decadencia de la hermosa casa.

No es que estuviera descuidada. Era algo más sutil. Una hierba mala por aquí, un postigo cerrado por allá, la ausencia de personal atendiendo los jardines, el estacionamiento vacío… En fin. Nada era obvio. El deterioro estaba allí, disimulado, pero a la vista de quien supiera qué buscar.

El inspector aparcó su moto, se quitó el casco y subió la escalera hasta la puerta de madera oscura que siempre permanecía sin llave.

Antes de entrar al vestíbulo, se comunicó desde su móvil con el sargento Nettle y le pidió que prepararan todo para realizar el arresto de Eleanor Travis.

—¿Estás bromeando, Lloyd?

—No, sargento. Y es una orden. En cuanto todo quede listo te mandaré un mensaje para que estén preparados. Y necesito que tú vengas con Connors en un coche patrulla.

—Como ordene, inspector —dijo Nettle sin poder ocultar el sarcasmo y el enfado en su tono de voz.

***

Una vez que cortó la llamada, Lloyd entró al vestíbulo desierto.

Hartfield se quitó la chaqueta y avanzó hasta la zona del comedor, donde Clifton Gilford estaba desayunando.

El reportero se sorprendió al ver al inspector, pero no lo demostró. Con un gesto lo invitó a sentarse con él.

—¡Lloyd! —exclamó la señora Travis, que justo en ese momento se acercaba con la cafetera en la mano—. ¿Qué haces aquí?

—He venido a desayunar —dijo él.

—¿Quieres que te prepare una mesa? —preguntó ella.

—No, no —le respondió—. Sírveme aquí.

Eleanor Travis asintió.

—¿Café? ¿Huevos?

—Por favor.

Eleanor se alejó en busca de lo que le habían pedido.

—¿Qué demonios hace aquí? —preguntó el reportero—. ¿Va a arrestarla ahora?

—Quiero hablar con ella antes. Quiero asegurarme de que no me equivoco. Pero probablemente esto termine en un arresto, sí.

—¿Desea que esté presente, inspector, o prefiere que me vaya?

—Preferiría que se quede cerca. Pero me gustaría hablar con ella a solas.

Clifton asintió y apuró su café.

—Tengo que escribir un artículo para el periódico —dijo después de limpiarse la boca con una servilleta—. Estaré trabajando en aquel rincón, donde tengo mejor luz. ¿Le parece?

—Perfecto.

En ese momento Eleanor apareció con un gran plato colmado de huevos revueltos y con la jarra de café.

—¿Clifton se ha ido? —preguntó Eleanor, sorprendida, mientras llenaba la taza.

—No, tiene que trabajar. ¿Por qué no me acompañas, Eleanor? —le pidió Hartfield y señaló con la mano la silla vacía que tenía frente a él—. Ya sabes que no me gusta comer solo.

Eleanor sonrió, comprensiva, y asintió. Luego fue a buscar una taza limpia, la colocó frente al inspector y se sentó.

—Me vendrá bien un café —dijo mientras llenaba su propia taza—. Me he levantado muy temprano y aún no he tomado nada.

Necesito un descanso.

—¿Pero cómo? —preguntó el inspector como intentando comenzar la conversación de forma sutil—. ¿Dónde están todos, Eleanor?

—No tengo huéspedes, Lloyd. ¿Para qué voy a tener personal? Ni siquiera tenemos cocinera. Renunció. Dijo que no se sentía cómoda con el modo en que iban las cosas.

—¿Por qué? ¿Las cosas no andan bien?

—No. No realmente. Estoy preocupada.

—¿Y Gilbert?

—Supongo que en la biblioteca. —Una nota de amargura se coló en la voz de la mujer—. De un tiempo a esta parte siempre está encerrado en la biblioteca.

—¿Por qué?

—No lo sé. Imaginé que estaría feliz: él siempre quiso cerrar este negocio y ahora parece que su sueño se hará realidad.

—Gilbert te ama, Eleanor —dijo el inspector con media sonrisa—. No creo que vaya a estar feliz con algo que te haga miserable.

—Puede que tengas razón.

—Oye, Eleanor. —Hartfield decidió entrar en el tema—. ¿Angie Dawson te devolvió tu juego de palos de golf?

—¡Sí! El mismo día.

—¿Notaste que faltaba el *driver*?

—¿El *driver*?

—Sí. Ella lo iba a usar y yo estaba presente cuando notamos que no lo tenía.

—Pues no lo sé… No recuerdo haberlo usado.

Nada. Ninguna reacción extraña.

Hartfield se sentía desconcertado.

¡Esa mujer era un enigma! Y él se estaba quedando sin tiempo.

Y sin alternativas.

—Eleanor, es que tenemos un grave problema —dijo al fin decidido a encarar el problema de frente y poner las cartas sobre la mesa.

—¿Qué problema? —preguntó ella, pero siguió bebiendo su café.

—Tú tienes un problema, mejor dicho.

—¿Uno solo? —bromeó ella. Pero la risa se le congeló en la boca cuando notó que Lloyd Hartfield no se reía—. ¿Qué sucede, Lloyd? No me asustes.

—No quiero asustarte, pero tengo malas noticias, Eleanor —dijo después de enviar un mensaje a Nettle.

El inspector Lloyd Hartfield no lograba hacerse del coraje necesario para decir lo que tenía que decir. Conocía a esa mujer de toda la vida. Había compartido con ella muchos momentos. Ella era un pilar de la comunidad. ¿Cómo se le decía a Eleanor Travis lo que tenía para decir?

Sin vueltas. Así. Como sacando una banda adhesiva.

—¿Qué? —Eleanor se puso blanca como el papel—. ¿Estoy en problemas?

—Me temo que sí.

Lloyd Hartfield inspiró hondo. Nunca las palabras que debía decir a continuación le habían costado tanto. Pero apretó su mano en un puño, como un gesto que le permitiera hacer acopio del coraje que le faltaba, y finalmente habló.

—Eleanor Travis —dijo—, está arrestada por el homicidio de Doris Gabereau.

Capítulo 45

—¿Qué? —preguntó casi en un susurro Eleanor Travis—. ¿Qué dices?

—Tienes derecho a guardar silencio...

—¿Me estás leyendo mis derechos? —Eleanor se puso de pie y elevó su tono de voz—. ¡No vas a leerme mis malditos derechos! ¡Fuera de mi casa!

Clifton Gilford se puso de pie y se acercó al inspector para intentar contener la situación.

—Cualquier cosa que diga puede y será usada en su contra en un tribunal judicial —continuó Hartfield como si no hubiera escuchado a Eleanor Travis.

—¡Detente, maldita sea! —dijo Eleanor en un nada habitual estallido—. ¿Por qué rayos me arrestas?

—Tiene derecho a un abogado, y si no puede pagar un abogado, el tribunal le asignará uno.

—¡Gilbert! —gritó entonces Eleanor buscando el auxilio de su esposo—. ¡Gilbert, ven aquí!

Pero Gilbert Travis no respondió al pedido de auxilio de su mujer.

—Vaya a buscarlo, Clifton, por favor.

El reportero asintió y salió corriendo en dirección a la biblioteca. Pero enseguida volvió solo.

—No está allí —dijo confundido.

—Búsquelo arriba, señor Gilford —suplicó Eleanor—. Por favor, encuéntrelo.

Gilford asintió, y estaba a punto de subir la escalera cuando lo pensó mejor y corrió en dirección a la parte trasera, donde se accedía al aparcamiento privado al que los huéspedes no ingresaban.

Enseguida volvió.

—Gilbert no está aquí, señora Travis —dijo el reportero con la respiración algo agitada por la carrera que acababa de hacer—. Y la camioneta tampoco.

Eleanor se desplomó sobre su silla y, escondiendo el rostro entre las manos, se echó a llorar desconsoladamente.

Lloyd Hartfield se quería morir porque, a pesar de que tenía la certeza de estar haciendo lo correcto, no podía evitar sentir pena por la anciana.

En ese instante el sargento John Nettle ingresó en el vestíbulo acompañado por el oficial Connors, tal como el inspector lo ordenó.

—Llévesela, sargento —dijo Hartfield y se dispuso a salir.

El inspector estaba a punto de irse, pero se arrepintió y volvió sobre sus pasos, se acercó al reportero.

—Busque a Travis, Clifton —le pidió en voz muy baja para que solo él pudiera escucharlo—. Y avísele cuál es la situación. Sugiérale que venga a la estación acompañado de un abogado. Eleanor lo va a necesitar.

Capítulo 46

Eleanor Travis, sentada junto a una mesa vacía en la sala de interrogatorios número 2, parecía asustada.

Y estaba sola.

A través del cristal, que desde adentro de la sala se veía como un espejo, el inspector Hartfield y el sargento Nettle la observaban con preocupación.

Hacía más de dos horas que la mujer, sentada y sin compañía, esperaba la llegada de su abogado.

—Me preocupa verla así —dijo Nettle—. ¡Parece a punto de quebrarse todo el tiempo!

—Si se quiebra, confesará. Y necesitamos su confesión para poder resolver este caso.

—No te reconozco, Lloyd. ¿Qué te pasa? Tú no eras un sujeto cruel.

—Y no lo soy. —Hartfield miró al sargento con cierto enojo—. Pero todo lo que tenemos es circunstancial. Si Eleanor no confiesa, tendré que soltarla.

—Creo que tu miedo a no resolver el caso te está haciendo caminar por el filo de la legalidad, Lloyd. Y es un lugar muy peligroso para hacer equilibrio. No lo olvides.

Hartfield no respondió y volvió a mirar a la anciana.

—¿Vas a interrogarla? —preguntó John Nettle—. Porque si

no lo harás, deja que la lleve a una celda para que, si así lo desea, pueda descansar.

—No lo sé. Lo que sí sé es que no voy a tenerle lástima, como tú.

—¿Ah, no? ¿Y por qué no la has interrogado aún?

—Porque su abogado no está presente.

—¿Y cuándo te ha detenido eso antes?

—Cállate.

Ambos hombres se siguieron observando un rato más.

Hartfield no comprendía por qué Gilbert Travis todavía no se había presentado en la estación. A esas alturas, Gilford ya debía haberlo encontrado y seguramente ya le habría avisado de la situación en la que se encontraba Eleanor. Entonces, ¿qué ocurría?

El inspector quería entrar en la sala de interrogatorios y acribillar a preguntas a Eleanor hasta hacerla confesar, pero no quería estar ocupado con ella en el momento en que Travis llegase a la estación como un loco, y pateando escritorios, exigiera saber qué ocurría y dónde estaba su mujer. Porque así era Gilbert cuando de Eleanor se trataba: vehemente, sanguíneo, protector.

—¿Dónde rayos está Gilbert Travis? —preguntó entonces el sargento Nettle como si le estuviera leyendo la mente al inspector.

—No lo sé —dijo Hartfield sin dejar de observar a Eleanor—, pero lo voy a averiguar ahora mismo.

El inspector sacó el móvil del bolsillo y salió al corredor, desde donde marcó el número de Clifton Gilford.

—Inspector —dijo el reportero, quien respondió a la primera timbrada.

—¿Le avisó a Travis, Gilford?

—No logro encontrarlo, inspector.

—¿Cómo que no logra encontrarlo?

—He ido al club de golf, a varios comercios, a la gasolinera, al banco... y nada.

—¿Pero ha intentado llamarlo al móvil?

—¿Usted piensa que soy idiota, Hartfield? ¡Por supuesto que lo he intentado! Pero la llamada entra directo al correo de voz.

—Siga intentando, por favor. Y apenas sepa algo, me avisa. ¿Me ha entendido?

—Fuerte y claro, inspector.

Hartfield cortó y se acercó al mostrador de recepción para pedirle al oficial Connors que intentara, por todos los medios posibles, comunicarse con Gilbert Travis.

Luego volvió al lado de Nettle.

—Gilford no consigue dar con Travis —dijo—. Vamos a entrar, John, ya no podemos perder más tiempo.

Nettle asintió mientras Hartfield abría la puerta de la sala de interrogatorios número 2.

Capítulo 47

Gilbert Travis conducía tranquilo por la carretera que volvía a Stowe. Había pasado el día visitando una finca que producía jarabe de arce y un par de huertas.

En la posada debían reducir costos, pero la marcha de Emily, la cocinera, lo había despertado, le hizo darse cuenta de que si no compraban productos de mejor calidad, todo por lo que Eleanor y él trabajaron, más pronto que tarde, se esfumaría sin remedio.

Aquella mañana, mientras leía el periódico encerrado en la biblioteca, vio el anuncio de una granja en las afueras que ofrecía vegetales de primera calidad a precios más competitivos de los que podría conseguir en el mercado de agricultores.

Entonces, sin pensarlo mucho —y sin avisarle a Eleanor, para no ilusionarla si el resultado no era bueno—, se subió a su vehículo y fue a visitar la granja para ver si podía conseguir productos de alta calidad a precios razonables.

Una vez en la granja, que solo producía hortalizas, le recomendaron algunos sitios para visitar y conseguir otros productos.

Mientras la camioneta avanzaba despacio por la carretera, Dolly Parton cantaba *Jolene* en la radio y Gilbert, feliz por el trato obtenido, silbaba la melodía.

Entonces escuchó que sonaba su móvil. Y recién en ese momento advirtió que, durante todo el día, había dejado el teléfono olvidado en la camioneta.

Eleanor lo mataría por no haberle avisado a dónde iba. Pero después de escuchar las novedades, se pondría feliz y olvidaría todo el asunto.

Travis sostuvo el volante con firmeza mientras se estiraba para tomar el móvil, guardado en la guantera. Justo cuando lo agarró, el teléfono dejó de sonar.

Maldijo entre dientes y, al mirar la pantalla, descubrió que tenía veinticinco llamadas perdidas.

Y ninguna era de la posada.

—Le ha ocurrido algo a Eli —dijo para sí.

Para colmo de males, el anciano no logró identificar los números desde los que había recibido las llamadas.

Aterrado, apagó la radio y disminuyó la velocidad hasta lograr aparcar la camioneta a un lado del camino, luego respondió a una de las llamadas.

—¡Señor Travis! ¡Qué bueno tener noticias suyas por fin!

—¿Quién habla? —preguntó el anciano con desesperación—. ¿Qué sucede? ¿Le ha ocurrido algo a Eli?

—Soy Clifton Gilford, señor Travis. Eleanor está bien, pero necesito que vuelva a la posada lo antes posible.

—¿Eli está bien? ¡Quiero hablar con ella!

—Su esposa se encuentra bien, señor Travis, pero no es posible hablar con ella por el momento.

—¿Por qué no? ¿Quién más ha intentado comunicarse conmigo?

—No lo sé, señor Travis, pero es preciso que vuelva. Le explicaré todo cuando regrese. Y tranquilo, le repito que su esposa está bien.

—Estaré allí en veinte minutos —dijo Travis intentando mantener la calma.

Luego dejó caer el móvil sobre el asiento del acompañante y, como alma que lleva el diablo, condujo de vuelta a Stowe.

Capítulo 48

—¿Pero de verdad crees que yo asesiné a esa chica, Lloyd? —preguntó Eleanor en un susurro, intentando sin éxito contestarle a Hartfield.

—No importa lo que yo crea. No soy yo quien apunta en tu dirección. Es la evidencia —dijo Hartfield—. ¿Por qué lo hiciste, Eleanor? ¿Por qué asesinaste a Doris Gabereau, Eleanor?

—¡Yo no asesiné a esa chica, Lloyd? ¿Por qué iba a hacer semejante cosa? A ver, ¿por qué?

—Tú dime.

—No tengo nada para decirte porque yo no lo hice.

—¿Habrá sido por el dinero, tal vez?

—¿Cuál dinero? —Eleanor comenzaba a perder la paciencia—. ¿De qué rayos hablas? ¿Has enloquecido? ¡Cómo se te ha ocurrido semejante cosa!

Agotado, Lloyd Hartfield observó a la mujer. Y luego miró la hora.

Hacía cuarenta y cinco minutos que intentaba, de manera infructuosa, que Eleanor Travis dijera algo. Que admitiera algo. Que confesara algo.

Pero ella no lo hacía.

No.

Se mantenía firme en su posición y repetía su inocencia una y otra vez.

Él sabía que, con el tiempo suficiente, todos los que mentían —al final— acababan confesando. Pero él no estaba muy seguro de poder interrogar a Eleanor Travis durante horas y horas.

A fin de cuentas, se trataba de una mujer anciana, y él no sabía si la salud de la mujer era lo suficientemente fuerte como para resistir un largo interrogatorio.

Ni siquiera estaba muy seguro de que pudiera resistir uno corto sin que su espíritu se quebrara.

Además, había otra cuestión: Hartfield, en su larga experiencia como inspector de Policía, aprendió que para averiguar si una persona mentía, un buen método era interrogarlo hasta el agotamiento.

Si la persona interrogada mentía, todas las veces que se le hiciera la misma pregunta respondería exactamente lo mismo. Como si tuviera la respuesta perfectamente estudiada para no cometer ningún error.

Palabra por palabra se repetiría la misma historia hasta el cansancio sin modificar ni una coma.

En cambio, si decía la verdad, ante la reiteración de la pregunta, la persona respondería con pequeñas variaciones. Siempre la misma respuesta, pero no contada de la misma manera.

Por supuesto que aquello no era una regla, pero, en general, Hartfield había descubierto que ese mecanismo ocurría con mucha frecuencia.

Quien nada tiene que ocultar no presta atención a los detalles.

El problema era que Eleanor, en su manera de responder, lo hacía como lo hacen quienes dicen la verdad. No como los que mienten.

Y eso a Hartfield lo tenía desconcertado porque él estaba seguro de que Eleanor era culpable.

—Tú sabes de qué dinero hablo, Eleanor —dijo el inspector.

—Pues no, Lloyd —dijo la señora Travis bastante molesta—.

La verdad es que no tengo ni la menor idea.

—Si me cuentas la verdad terminaremos con esto muy pronto. Pero si quieres que estemos aquí toda la noche, lo haremos a tu modo. Yo no tengo problema.

—¡Es que no tengo nada que decirte, Lloyd! ¿Acaso no lo entiendes?

—¿Puedo hablar contigo un minuto, Hartfield? —preguntó Nettle después de que Eleanor, por enésima vez, respondiera que no tenía ni la menor idea de lo que hablaba el inspector.

Hartfield asintió y siguió al sargento fuera de la sala de interrogatorios.

—Esto no nos lleva a ninguna parte, Lloyd —dijo el sargento—. ¿Qué haremos? Porque Eleanor no resistirá. Y entre tú y yo, viejo.

—¿Entre tú y yo qué?

—Nada. Olvídalo.

—¡Lloyd Hartfield! ¡Ven aquí, maldita sea!

El grito de Gilbert Travis tomó por sorpresa al sargento y al inspector.

En ese momento, el señor Travis ingresó por el corredor mientras Connors, inútilmente, intentaba detenerlo.

—¡Le he dicho que no puede pasar, inspector! —explicó Connors a Hartfield.

—Tranquilo —le respondió al oficial—. Deja. Yo me encargo.

En ese mismo instante, Clifton Gilford también apareció en el corredor.

—Lo siento, inspector —dijo el reportero, que se acercó al grupo—. No pude detenerlo.

—¡Por supuesto que no va a detenerme un tonto reportero si mi mujer está detenida! —Travis sonaba indignado—. ¿Cómo se te ha ocurrido, Hartfield, acusar a Eleanor, a mi Eleanor, de asesinato?

—Escucha, Gilbert. —intentó explicar el inspector.

—¡De asesinato nada menos! —continuó Travis sin acatar el pedido de Hartfield.

—Escucha, Gilbert —repitió Hartfield—, ven conmigo, vamos a mi despacho y…

—¡Exijo que la liberes de inmediato!

—Lo lamento, Travis —Hartfield respondió con firmeza—, eso no será posible.

—Te demandaré. Esto es un ultraje.

El inspector, harto, decidió terminar con el escándalo que estaba montando Gilbert Travis. Él había querido explicar al anciano las razones de lo que estaba ocurriendo, simplemente como cortesía por la amistad que mantenían de años. Pero el hombre no estaba en condiciones de oír razones. Y tratar de calmarlo solo complicaría las cosas.

—Haz lo que consideres, Gilbert —dijo el inspector mientras el reportero y el sargento observaban la situación—, pero te aconsejo que, si quieres hacer algo por tu mujer, vayas y consigas un buen abogado.

—Pero…

—Tengo mucho trabajo, Gilbert. Y te sugiero que apures el tema del abogado. Tu mujer lo necesita.

Dicho esto, el inspector dio media vuelta y volvió a entrar en la sala de interrogatorios.

En el corredor, Travis se quedó boqueando como un pez fuera del agua porque recién en ese momento tomó conciencia de lo que ocurría.

Cuando más temprano Clifton Gilford le contó que Eleanor había sido arrestada, Travis no se detuvo en averiguar lo ocurrido ni por qué Lloyd Hartfield acusaba a su mujer de ser la asesina de Doris Gabereau.

No.

Simplemente había salido disparado hacia la estación de

Policía con una sola idea en mente: traer a Eleanor de vuelta después de darle una buena tunda a Hartfield.

No se cruzó por la mente que el inspector era un hombre mucho más joven y mucho más fuerte.

Tampoco había pensado que golpear al inspector en jefe dentro de una estación de Policía era un curso de acción bastante estúpido, ya que no solo no liberaría a su esposa, sino que, casi con toda seguridad, él también terminaría detenido.

Pero lo que de ningún modo se le había ocurrido era que debía conseguir un abogado. ¿Para qué?

Eleanor era inocente, él lo sabía. Y las personas inocentes no necesitaban abogados. ¿O sí?

—Eleanor es inocente —dijo en voz alta.

Las palabras salieron de su boca sin que él pudiera contenerlas.

Nettle y Gilford se miraron.

Travis lucía como si Hartfield le hubiera dado un puñetazo en el estómago. Y de alguna manera lo había hecho. Arrestó a Eleanor, y eso para Travis sin duda había sido un golpe.

Uno fuerte.

—Gilbert —dijo Nettle—, es muy importante que busques un abogado.

—Eleanor es inocente, John —repitió el anciano.

—Escucha —insistió el sargento—, Eleanor está en problemas. Serios problemas. Todo señala en su dirección. Hazme caso, Gilbert, ve a buscar un abogado.

Capítulo 49

Clifton Gilford entró a un bar que estaba justo frente a la estación de Policía.

Varias veces había pasado por ahí sin prestar la menor atención al lugar, pero aquella noche lo hizo.

No deseaba volver a la posada: allí solo estaría el señor Travis y no deseaba cruzarse con él.

El reportero tenía ya problemas suficientes como para encima sumar el drama del anciano posadero.

Además, la situación le resultaba realmente incómoda. Travis sufría porque su esposa estaba detenida, acusada de homicidio.

Pero no de cualquier homicidio.

No.

Del homicidio de Doris, quien fue su novia, un acto por el que el propio Gilford también había sido arrestado.

La situación era tan confusa que comenzó a dolerle la cabeza. Así que, algo agobiado, se acercó a la barra y le pidió al cantinero que le sirviera un *whisky*.

Grande fue su sorpresa al ver que Hartfield estaba sentado un par de sitios más allá bebiendo una cerveza.

—¿Qué lo tortura, Hartfield? —dijo el reportero sentándose junto al inspector.

—¿Qué hace aquí, Gilford? —preguntó Hartfield algo fastidiado. Había ido al bar para estar solo y no tenía deseos de hablar con nadie.

—No quería volver a la posada y tener que enfrentarme con Travis.

—Lo comprendo.

El inspector continuó bebiendo su cerveza en silencio.

—¿Cómo van las cosas? —preguntó el periodista intentando averiguar algo más sobre el caso. Porque, por más involucrado que estuviera, él no olvidaba que tenía un trabajo que terminar y un compromiso con el periódico.

—No van —dijo frustrado el inspector—. Eleanor se niega a colaborar.

—¿Y usted qué piensa?

—Honestamente, no lo sé.

—¿No se le ha ocurrido que tal vez ella dice la verdad?

—Claro que se me ha ocurrido. Pero está el asunto del grito. Ella tuvo acceso a la información, la oportunidad de asesinarla porque estaba en la posada, es su palo el que faltaba, y ese mismo día fue al club de golf. Hay demasiado en su contra, Gilford. No puedo dejarlo pasar. ¡Usted mismo me dijo que había oído decir a Lilian que Eleanor haría todo lo necesario para conservar la posada!

—Pero no lo hizo. ¿No es así? Y ese no es un dato menor. ¿Qué quiere que le diga? Pero, además, hay dos cosas que me molestan, si me permite que se lo diga.

—¿Y si no se lo permito?

—Se lo digo igual.

Hartfield sonrió sin muchas ganas y, con un gesto, animó al reportero a expresar sus ideas.

—En primer lugar, no puedo imaginar cómo Eleanor Travis se enteró de lo del premio. He observado el sistema telefónico y no hay modo en que Eleanor haya podido escuchar la conversación que Doris mantuvo con Angie.

—Salvo que haya estado escuchando detrás de la puerta.

—¿Y eso?

—Que no pueda explicar todavía cómo se enteró Eleanor sobre el premio no significa que ella no lo supiera, Clifton. Para eso, justamente, es que la estoy interrogando. ¿Qué es lo otro que le molesta?

—El asunto de los ruidos que mencionó Gilbert Travis una y otra vez.

—Yo tengo una teoría sobre el asunto —dijo Hartfield.

—¿Tiene una teoría?

—Sí. Creo que Travis inventó esa historia para distraer a la policía y correr de la escena a su mujer.

—¡Pero eso significa que él siempre supo todo!

—Así es.

Hartfield hizo una seña al cantinero para que les trajera otra ronda de tragos.

—Y si él siempre supo todo, tendré que acusarlo de cómplice.

—¿Puede probarlo, inspector?

—¿Usted qué cree? —preguntó Hartfield mientras llegaban los nuevos tragos.

—Que por eso bebe.

—Ahí lo tiene —dijo el inspector con cierto tono de resignación. Y luego levantó su vaso de cerveza como brindando con el aire, con todos al mismo tiempo y con nadie realmente—. Salud, Gilford. Brindemos por este maldito caso y porque alguien, de una buena vez, por fin se quiebre y cuente toda la verdad. Porque yo, en este punto, ya no soy capaz de descubrirla.

Capítulo 50

Gilbert Travis se removía en su cama.

Daba vueltas para un lado y para otro, doblaba las almohadas, se destapaba y se tapaba otra vez.

Y por más que lo intentó, no pudo encontrar una posición cómoda.

Es que el anciano estaba preocupado. Y claro, tenía sus razones.

Es que había conversado con el abogado, quien después de haber ido a la estación de Policía y enterarse de la situación procesal de Eleanor, le manifestó que la situación de su esposa no era sencilla.

—Las pruebas, hasta cierto punto, son circunstanciales —explicó el abogado—. Pero existen. Y si el inspector Hartfield arma bien el caso (y conociéndolo, sé que lo hará), existe un riesgo alto de condena por homicidio, señor Travis.

—¡Pero ella no lo hizo!

—Pero el inspector cree que sí. Y hará todo lo posible para demostrarlo.

Gilbert Travis no lograba explicarse cómo las cosas se habían complicado tanto.

¡Si hasta hacía unos días, apenas, las cosas no estaban tan mal! ¿Qué rayos había ocurrido? Tenían problemas de dinero, sí, pero hubieran podido salir adelante con una buena temporada.

Pero el homicidio los arruinó, se cayeron todas las reservas. Y entonces una situación que podía haberse catalogado de difícil se convirtió en desesperada.

A esas alturas, no quedaría otro camino más que cerrar las puertas de Honeysuckle Bed and Breakfast. Y si bien para él aquello podía haber sido una bendición en otro momento, en ese era una total pesadilla.

Y encima, Eleanor pagando por algo que no había hecho.

Entonces, sin importarle la hora, Gilbert Travis se levantó de la cama y llamó a su abogado.

Juntos decidieron presentarse en la estación a primera hora del día siguiente.

Las cosas habían llegado demasiado lejos.

Era hora de ponerles un alto y de solucionarlas de una buena vez.

Y para siempre.

Capítulo 51

Lloyd Hartfield y John Nettle trabajaban en el despacho del inspector cuando Connors tocó a la puerta.

—Inspector —dijo el oficial—. Gilbert Travis está aquí. Vino acompañado de su abogado y desea hablar con usted. Dice que es muy importante.

Hartfield y Nettle cruzaron miradas.

—¿Y ahora qué? —preguntó Nettle.

—No lo sé —dijo Hartfield—. Pero vamos a averiguarlo. Hazlos pasar a la sala de interrogatorios número 1, Connors. Iremos en un momento.

Mientras Connors cumplía con lo que le había ordenado su jefe, el inspector y el sargento se quedaron en el despacho. No hacían nada importante. Tan solo dejaban que pasara el tiempo.

Aquella era una estrategia para poner nerviosos a los testigos.

Luego de un tiempo prudencial, ambos hombres salieron del despacho y fueron al encuentro de Travis.

***

—Buenos días, caballeros —saludó Hartfield apenas entró a la sala de interrogatorios.

El inspector estrechó la mano del señor Travis y del abogado y se sentó junto a Nettle, quien ya se había acomodado y estaba preparando una grabadora.

—Antes de comenzar, inspector —dijo el abogado—, queremos saber cómo está Eleanor Travis.

—Muy bien —dijo Hartfield—. Está en una celda a solas y ha descansado bien. En este momento le deben estar llevando el desayuno.

—¿Puedo verla? —preguntó Gilbert con ansiedad.

—No. Solo su abogado puede verla.

—Muy bien —dijo entonces el señor Travis luego de cruzar una mirada con su abogado—. Tengo una confesión que hacer.

—¿Qué clase de confesión? —preguntó Hartfield intentando sonar sereno.

—Ya llegaremos a eso —dijo el abogado—. Pero antes de que mi cliente diga una palabra más, queremos su compromiso de que exculpará a Eleanor Travis.

—¿Y por qué haría yo algo semejante? —replicó el inspector, dejando el anzuelo preparado para que Travis lo alcanzara.

—Porque —dijo Travis— quien asesinó a la chica no fue Eleanor, Lloyd. Fui yo.

Hartfield mostró una amplia sonrisa.

—Lo sé.

—¿Lo sabes? —John Nettle giró la cabeza con tanta fuerza que pudo haberse lesionado de no estar en buena forma—. ¿Cómo que lo sabes? ¿Desde cuándo lo sabes?

—Desde hace algún tiempo —dijo Hartfield manteniendo la intriga.

—¿Esto fue una trampa entonces? —preguntó Gilbert Travis.

—Digamos que fue una estrategia —respondió Hartfield con una expresión de triunfo en el rostro—. Eso, una estrategia.

—Y si ya lo sabías, ¿para qué has hecho todo este montaje? —dijo furioso Travis.

—Porque saberlo y poder probarlo no es lo mismo, Gilbert. Y necesito completar algunos huecos en mi teoría. Y espero que tú puedas ayudarme con eso.

—¡Esto es un escándalo, inspector! —estalló el abogado—. ¡No pienso permitir que...

—¿Qué es lo que no piensa permitir, abogado? Si Travis no confiesa, procesaré a Eleanor.

—¿Me está amenazando?

—Para nada, pero todo apunta a ella. Si no puedo obtener de Travis lo que necesito, es ella quien pagará las consecuencias.

—No permitirás que eso ocurra —dijo Gilbert—. Eres un hombre decente, no dejarás que una inocente pague por el crimen de otro.

—No. Eso lo permitirás tú, Gilbert, si no cuentas en este mismo momento toda la verdad.

Gilbert Travis supo, entonces, que no tenía escapatoria. Y que solo había un camino por delante si quería salvar a su esposa.

Y entonces lo contó todo.

Capítulo 52

—La mañana del día del homicidio de Doris Gabereau —comenzó Gilbert Travis— fue un desastre. Apenas me levanté de la cama, algunos acreedores comenzaron a llamarme porque en la posada había deudas. Eleanor no conocía la existencia de los problemas. Al menos no sabía que eran serios. Y yo pretendía que las cosas continuaran así. Me ocuparía de todo sin trasladarle las preocupaciones a ella.

—¿Y eso que tiene que ver? —intervino Nettle.

—Déjeme contarle las cosas a mi modo, sargento.

Nettle asintió y Travis pudo continuar.

—Tenía que reunirme con algunas personas y le dije a Eli que me iría al mercado. Lo hice, por supuesto, pero en realidad lo que yo deseaba era escaparme y no tener que enfrentarme a ella con malas noticias.

—¿Tan mal iban las cosas? —preguntó Hartfield.

—No tanto como yo pensaba —respondió el anciano—. Pero sí. Es posible que tuviéramos que deshacernos del negocio. Y aquello hubiera destrozado a Eli. Yo solo quería evitar que ella sufriera, así que decidí ocultárselo. Como nunca me ha resultado fácil mentirle a mi esposa, decidí largarme un rato y el mercado de agricultores fue la excusa perfecta. ¿Puede servirme un vaso de agua, sargento?

217

Nettle asintió, salió un momento de la sala de interrogatorios y volvió enseguida con una jarra llena de agua helada y algunos vasos de papel que dejó sobre la mesa.

—Aquí tienes, Travis —dijo el sargento y le dio al anciano un vaso lleno de agua fresca.

—Continúa, por favor, Gilbert —pidió Hartfield.

—Bien. Cuando regresé a la posada serían las tres y media de la tarde, poco más o menos. Eli y Emily conversaban en la cocina cuando yo llegué. Y en ese momento noté que mi esposa estaba algo alterada. Al quedarnos solos me contó que más temprano, mientras estaba arreglando las rosas, había oído un grito proveniente del cuarto de la señorita Gabereau.

—Sabemos eso, Gilbert —dijo Hartfield—. ¿Qué tiene que ver con el asunto?

—Eso que ella me contó, a pesar de que intenté restarle importancia, fue el comienzo del fin. Aquello me causó mucha curiosidad y quise saber qué demonios había ocurrido. Así que, cuando Eli se descuidó, subí al segundo piso dispuesto a hablar con la señorita Gabereau. A Eleanor no le agradan los escándalos. No son buenos para el negocio. ¿Sabe? Y yo ya había notado que a la señorita Gabereau le faltaba algo de clase. Era ruidosa, maleducada, caprichosa. Nada que ver con la actitud del señor Gilford. Pero ella era, realmente, muy desagradable. Así que subí con toda la intención de informarle que no estábamos dispuestos a tolerar sus tonterías.

Travis hizo una pausa y volvió a beber agua. Nettle aprovechó para verificar que todo se estuviera grabando correctamente.

—Continúa, por favor —pidió Hartfield—. ¿Qué ocurrió entonces?

—Estaba a punto de golpear en su habitación cuando, desde atrás de la puerta, escuché que sonaba el teléfono. Le estaban derivando una llamada desde la recepción. Y como me sentía muy intrigado con el asunto del ruido, en lugar de tocar y advertirle que no queríamos más escándalos, me quedé escuchando a escondidas.

—Eso fue alrededor de las cuatro y media de la tarde, ¿correcto? —preguntó el inspector—. ¿Era Angie Dawson?

—Ahora sé que sí —dijo Travis—. Pero en ese momento no supe su nombre. Solo comprendí que Doris hablaba con su hermana, que iba a dejar a Gilford y que acababa de ganarse un millón de dólares en la lotería.

Hartfield, con la palma de la mano, dio un golpe suave sobre la mesa. Tal como sospechó, Travis había escuchado la conversación desde atrás de la puerta.

Él siempre supo que fue Gilbert quien oyó la conversación, y no Eleanor.

Y sabía que ella atendió la llamada desde la recepción y que, por lo tanto, no pudo haber escuchado el diálogo entre Doris Gabereau y su hermana. Pero nunca supo dónde estaba Travis en aquel momento. Solo que estaba en la posada.

Y resultó que, efectivamente, estuvo donde Hartfield había creído que estaba: espiando a Doris Gabereau.

—¿Qué ocurrió entonces?

—Me alejé del dormitorio antes de que alguien pudiera verme, y me escurrí en la biblioteca porque necesitaba pensar cómo pedirle ayuda a la señorita Gabereau. Yo necesitaba algo de dinero, unos cincuenta mil dólares serían suficientes como para ponernos en marcha otra vez, y acababa de descubrir que Doris poseía una cantidad descomunal de billetes. Así que, decidido a salir del atolladero en que me encontraba, pensé en pedirle ayuda. Y eso fue una muy mala idea.

—¿Por qué? —preguntó Hartfield.

—Antes de cenar subí a hablar con ella. Le expliqué la situación, le conté que el negocio había estado en la familia desde siempre, le dije que la posada siempre había sido el sueño de mi mujer. Y le pedí ayuda, claro. Pero a ella no pareció importarle. Me dijo de un modo muy cruel que a ella no le importaba nada de eso. Que mis problemas y los de mi esposa no podían importarle menos, y que me largara de su habitación porque tenía que vestirse.

—Doris Gabereau fue desagradable contigo —dijo Nettle—. ¿Por eso la mataste?

—Fue mucho más que desagradable —dijo Travis—. Fue cruel. Y la forma en que me habló fue, además, humillante. Pero no fue por eso que la maté.

—¿Y qué sucedió?

—Nada. Bajamos a cenar, ella estuvo en el comedor y no hizo ninguna demostración de burla ni nada por el estilo. Pero yo me sentía furioso. Y entonces tuvo que mirarme y sonreír.

—¿Y qué tuvo de malo eso? —preguntó el inspector.

—Nada. Pero algo en el modo en que lo hizo sonó a desafío. Y entonces me decidí.

—¿A matarla? —preguntó Nettle.

—No. Déjeme que lo explique a mi modo. En la tarde, cuando escuché la conversación que mantuvo con su hermana, ella le había dicho a Angie Dawson que el boleto ganador lo llevaba con ella. Así que, en el instante en que me sonrió, decidí que se lo quitaría. Esos boletos son al portador. Y yo haría que el boleto fuera mío.

Travis volvió a servirse agua en el vaso y continuó.

—Le dije a Eleanor que me sentía cansado, para poder retirarnos del comedor antes de que lo hiciera Doris Gabereau, y luego, con la excusa del retrete o del lavabo roto, la verdad que ya ni me acuerdo de qué artefacto se trataba, me escapé de mi esposa. Fui al depósito y tomé un *driver* de la primera bolsa que encontré, que resultó ser la de Eleanor, y subí al cuarto de Doris. No lo hice con la idea de matarla. Solo pensaba ingresar al cuarto y robar el boleto. Usaría el *driver* para romper algunas cosas, como para simular que el robo había sido perpetrado por un extraño, encontraría el boleto y me largaría de allí.

—Pero las cosas salieron mal —dijo Hartfield.

—Las cosas salieron terriblemente mal —continuó el anciano—. Doris subió antes de lo previsto y me descubrió hurgando entre sus cosas. Se molestó mucho y comenzó a gritarme y a amenazarme con denunciarme ante mi esposa, ante los medios. Aquello sería mi fin. Y eso podía tolerarlo. Pero también sería el fin de la posada y de la reputación de mi mujer. Y aquello era intolerable para mí. La sola idea de causarle un daño semejante a Eli...

—Continúa, Gilbert —insistió Hartfield—. Terminemos con esto de una vez.

—Perdí el juicio, Lloyd. Sentí una furia como nunca había sentido antes, y de pronto me vi levantando el *driver* y estampándolo sobre la cabeza de la mujer. ¿Sabes cómo suena una cabeza cuando se rompe, Lloyd?

El inspector negó.

—Yo tampoco lo sabía hasta ese momento. Y preferiría olvidarlo, porque no es un sonido agradable. En absoluto.

—¿Y entonces?

—Entonces Doris cayó al suelo, tuvo una convulsión y ya no se movió más. Me agaché y noté que no respiraba. Y entonces me asusté y decidí largarme de allí. Me asomé al pasillo y, con mucha cautela, abandoné el dormitorio llevando conmigo el *driver*. Lo escondí detrás de un mueble y me fui a acostar.

—Y luego volviste a subir, ¿no es así?

Hartfield hacía preguntas cuyas respuestas ya conocía solo para completar los espacios en blanco que aún le quedaban a la historia que él había reconstruido cuando supo que el asesino era Gilbert Travis.

—Así es —admitió Travis—. Volví a subir más tarde para verificar que... Bueno, que no estuviera viva. Cuando lo verifiqué me fui a dormir, y recién volví a ingresar a su habitación después de que Lilian descubrió el cadáver.

—Eso te dio la coartada perfecta para explicar la presencia de tus huellas en la escena del crimen —dijo el inspector.

—Sí, de todos modos no era necesario. A fin de cuentas, yo vivo allí. Es más que natural que mis huellas estén por toda la casa.

—¿Y luego? —intervino Nettle.

—Luego llegaron ustedes, y todo lo demás ya lo saben.

—¿Cómo ocultaste el *driver*? —preguntó el inspector.

—Al día siguiente, o a los dos días del homicidio, escondí el *driver* en mi camioneta y otro día le dije a Eli que fuéramos hasta el club a jugar algunos hoyos. Ese día desvié una pelota hacia el montecito de zarzas, cerca del hoyo catorce, y aproveché para enterrar el *driver*. Creo que ya les he dicho todo. Ahora, Lloyd, solo espero que cumplas con tu parte del trato y dejes ir a Eleanor: ella no sabe nada.

—Algo más antes de terminar, Gilbert —dijo Hartfield—. ¿Por qué no dejaste todo esto y te largaste de aquí? Lo que tú querías era ir al mar, ¿no es así? Si la posada tenía problemas, hubiera sido un buen momento para cambiar de aires. ¿Por qué no te fuiste a cumplir tu sueño? Ahora, en cambio, terminarás tus días en prisión.

—No pensaba matar a nadie, eso quiero que lo sepas. Eso fue… No te diría un accidente, Lloyd. Pero casi. Y yo también me he preguntado lo mismo que tú me planteas, ¿sabes? Y he llegado a una conclusión.

—¿A cuál?

—Yo no hubiera sido feliz si Eli no era feliz. Y la posada siempre fue el motivo de felicidad de mi esposa. Y yo solo quería hacerla feliz.

Capítulo 53

—¿Y cómo fue que usted descubrió que el asesino era Gilbert Travis? —preguntó Clifton Gilford al inspector Hartfield.

Hartfield, Nettle y Gilford, reunidos una vez más en el despacho del inspector, conversaban sobre el caso.

—¿La respuesta es para ti o para el periódico?

—Para mí y para el periódico —dijo el reportero—. Usaré esta reunión como fuente para la exclusiva.

—Hubo dos momentos: la primera sospecha la tuve aquella tarde en el campo de golf, cuando Angie Dawson me dijo que faltaba el *driver*. En ese momento pensé que sí o sí los Travis debían estar involucrados de algún modo. Pero el hecho de que Eleanor le hubiera dado los palos a Angie fue lo que me orientó en dirección a Gilbert.

—¿Por qué? —preguntó Nettle.

—Precisamente, por lo que tú dijiste, John: si ella hubiera sabido que el palo no estaba, jamás le habría prestado su bolsa a la hermana de la víctima.

—¿Y cuál fue el otro momento?

—Fue al día siguiente, conversando con ustedes, cuando me dijeron que no habría modo que Eleanor hubiera escuchado la conversación porque la posada no tiene centralita telefónica. Eso me llevó directamente a Gilbert.

—¿Y por qué no me dijiste nada, Lloyd? —preguntó Nettle—. ¿Por qué me hiciste pensar que ibas tras Eleanor?

—Porque este era el único modo de forzarlo a confesar —explicó Hartfield—. Sin confesión, no había caso. Ustedes lo saben. Pensé que si Gilbert creía que Eleanor estaba en problemas, él terminaría confesando. Pero no podía correr el riesgo de que Gilbert se enterara de que todo era una charada, una simulación. Así que tuve que engañarlos a ustedes también. Lo siento.

—Ya decía yo que estabas actuando como un demente, viejo —dijo Nettle y sonrió—. Aunque te confieso que lograste preocuparme.

—Hay algo que no comprendo —dijo el reportero—, ¿por qué Travis inventó esa historia de haber escuchado a una pareja teniendo sexo en la habitación de Doris?

—Para despistar, por supuesto —dijo Nettle—. Para alejar las sospechas de su persona.

—Fue un error —dijo Hartfield—. Porque al determinarse la hora de la muerte quedó expuesto que aquello no era cierto. Eso también me llevó en la dirección de Travis. Porque yo nunca, ni por una vez, creí que esa historia fuera cierta.

—Al menos todo salió bien al final —dijo Clifton—.

—No para Doris Gabereau —dijo Nettle.

Los tres hombres guardaron silencio durante un momento, hasta que al final Gilford volvió a tomar la palabra.

—He hablado con Angie. No podía creer cómo resultó todo. Me dijo que nunca, ni en un millón de años, ella hubiera sospechado de los Travis.

—Es que no fueron los Travis —dijo Hartfield—. Eleanor no ha tenido nada que ver en todo este asunto. No lo olvide.

—Por cierto —dijo el reportero—, ¿cómo se encuentra ella?

—Bastante entera, dadas las circunstancias —dijo Hartfield—.

Gwyneth ha hablado con ella un par de veces desde que Gilbert fue arrestado y

Eleanor le ha contado que se larga de aquí.

—¿Y qué va a hacer? —preguntó Clifton con curiosidad y genuina preocupación. En el tiempo que permaneció en la posada, Eleanor Travis había sido siempre muy buena con él. Y el reportero le había tomado afecto.

—Vivir.

—¿Vivir? —preguntó extrañado John Nettle.

—Eso ha dicho: vivir —explicó el inspector—. Le han ofrecido comprarle la posada por una cantidad obscena de dinero. Y ha dicho que sí. Con el dinero que se embolsará se dedicará a viajar por el mundo y a disfrutar el tiempo de vida que le quede.

—Bien por ella. —El reportero se alegró sinceramente de que Eleanor hubiera tomado las cosas de aquel modo—. ¿Y Gilbert Travis?

—Pasará el resto de su vida encerrado —contestó el inspector—. Y confieso que me da un poco de pena. Pero no se puede hacer nada por él.

—Bien —dijo Clifton y se puso de pie—. Yo debo irme. En una hora sale mi vuelo y, después de todo lo que ha ocurrido, no veo la hora de volver casa.

—Le deseo mucha suerte, Clifton. —Hartfield le estrechó la mano al reportero—. Gracias por algunas cosas, y perdón por otras. Han sido días extraños.

—Dígamelo a mí: llegué a este pueblo de novio, fui encarcelado, casi pierdo mi empleo, me convertí en investigador y me llevo una exclusiva. Si estos no han sido días extraños, no sé cuáles podrían serlos.

Hartfield y Nettle sonrieron sin ganas y acompañaron al periodista hasta la puerta de la estación.

Connors se había ofrecido a llevarlo al aeropuerto, y así lo hizo.

—Bueno —dijo Nettle—, yo también me iré a casa, Lloyd. Si te parece bien, claro. Hace tanto que estoy aquí metido, que ya ni siquiera me queda ropa limpia. Aprovecharé estos días para poner mis cosas en orden y para descansar. Estoy molido.

—Somos dos —dijo Hartfield—. Yo también me siento agotado. Vámonos de aquí antes que otra cosa se presente.

Ambos hombres salieron de la estación de Policía y se separaron en el estacionamiento.

Nettle subió a su auto y enseguida se alejó.

El inspector Hartfield, por su parte, caminando lentamente se acercó a su motocicleta, se montó en ella y, haciendo mucho ruido, se alejó zigzagueando por la carretera.

En Stowe, Vermont, atardecía. Y el cielo se teñía de rosa y anaranjado.

Los verdes eran más intensos que nunca y en el aire ya podía olerse el verano.

Pero quienes vivían allí sabían que aquello no significaba nada. Porque incluso, en medio del paraíso, siempre podría ocurrir un asesinato de golpe.

Notas del autor

Espero que hayas disfrutado leyendo este libro tanto como yo disfruté escribiéndolo. Estaría muy agradecido si puedes publicar una breve opinión en Amazon. Tu apoyo realmente hará la diferencia.

Conéctate con Raúl Garbantes

Si tuvieras alguna sugerencia, comentario o pregunta y deseas ponerte en contacto conmigo por favor escríbeme directamente a raul@raulgarbantes.com. También me puedes encontrar en:
www.raulgarbantes.com
Amazon
https://amazon.com/author/raulgarbantes
Facebook
https://facebook.com/autorraulgarbantes
Twitter
https://twitter.com/raulgarbantes
Instagram
https://www.instagram.com/raulgarbantes

Mis mejores deseos,

Raúl Garbantes

Otras obras del autor

Goya: Tres casos de asesinatos con suspense e intriga

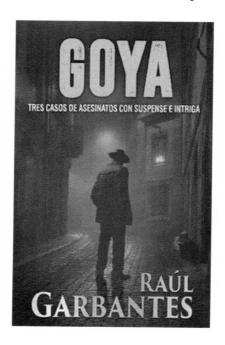

La ciudad de Sancaré se torna cada vez más caótica e insegura, hundiéndose en un abismo de violencia y corrupción, en donde el crimen está a la orden del día.

El detective Guillermo Goya debe investigar junto a su

compañero, Marcelo Pérez, tres casos que conmocionan a toda la población: el aparente suicidio de una poetisa, el brutal asesinato de una mujer y la muerte de dos adolescentes.

Pero ¿Qué precio tiene la verdad? La obsesión de Goya por descubrir los secretos ocultos tras estos sombríos episodios, lo llevará a descuidar sus vínculos familiares y a poner en riesgo su propia vida.

Raúl Garbantes nos ofrece esta precuela de su obra La Caída de una Diva. En Goya podrás conocer el pasado de este enigmático detective y adentrarte junto a él en una atrayente trama de intriga y suspenso, a través de tres intrigantes relatos cortos: «Los traicionados», «El fraile» y «El jugador».

Disponible en Amazon – Adquiérela AQUÍ
http://geni.us/b33T

La Caída de una Diva (Serie policíaca de los detectives Goya y Castillo nº 1)

Una mujer es encontrada sin vida en el Teatro Imperial de la ciudad de Sancaré. El cuerpo de la famosa diva Paula Rosales está inerte entre las luces y vestuarios de su camerino.

Para investigar lo que se esconde detrás de este oscuro episodio es designada Aneth Castillo, una detective principiante que recién llega a la capital buscando cambiar de aires y explorar nuevos rumbos.

Aneth es dedicada y perspicaz, pero no podrá resolver este caso sin la ayuda del detective Guillermo Goya, un astuto veterano con un pasado turbulento, que ha abandonado todo por su adicción a las drogas y al alcohol.

La diva Paula Rosales parecía tener una vida de ensueño, con una carrera exitosa y un hombre que la amaba, pero ¿qué ocultaba detrás de esa sonrisa de espectáculo?

Aneth y Goya emprenderán una minuciosa investigación en un mundo lleno de intrigas, rodeado por una atmósfera cautivadora e inquietante, en donde nada ni nadie es realmente lo que parece.

Disponible en Amazon – Adquiérela AQUÍ
http://geni.us/b33T

Fuego Cruzado (Serie policíaca de los detectives Goya y Castillo nº 2)

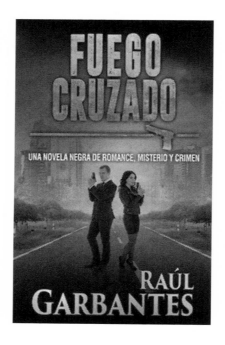

La pequeña hija de un millonario de la ciudad de Sancaré desaparece misteriosamente y la policía presume que ha sido secuestrada.

Mientras el inspector Goya se recupera en una clínica por su problema de adicciones, el caso se le asigna a la detective Aneth Castillo. Ella tendrá esta vez la ayuda de Matías Vélez, su nuevo compañero de trabajo, por quien se siente sumamente atraída.

En mitad de la investigación, el humilde barrio de La Favorita sufre un gran incendio que provoca numerosas muertes y destruye los hogares de cientos de personas. Al parecer, este episodio tiene una conexión con el secuestro de la niña y oculta detrás muchos secretos que involucran a personalidades reconocidas de la ciudad.

Con la fortaleza y sagacidad que la caracterizan, Aneth

Castillo se adentrará en el lado oscuro de Sancaré y no parará hasta resolver el caso y sacar a la luz toda la verdad..

Disponible en Amazon – Adquiérela AQUÍ
http://geni.us/rlPKVGO

Noche Criminal

Seis jóvenes deciden ir a pasar un fin de semana a una casa de campo, con motivo de festejar la graduación universitaria del más querido de todos: Raúl.

Desde el inicio del viaje comienzan a surgir ciertos conflictos en el grupo, principalmente entre Tiago y Tomás, generándose un clima de tensión constante que irá creciendo a lo largo de todo el fin de semana.

Durante la segunda noche, los amigos organizan una fiesta de celebración y preparan una abundante cantidad de bebidas alcohólicas. Con el paso de las horas, las tensiones acumuladas van aumentando cada vez más hasta salirse de control por completo.

Lo que iba a ser un divertido plan entre amigos, terminará convirtiéndose en la peor pesadilla de sus vidas tras producirse un trágico episodio: el extraño asesinato de uno de ellos.

Disponible en Amazon – Adquiérela AQUÍ
http://geni.us/oV33hOw

Suicidas del Aspa

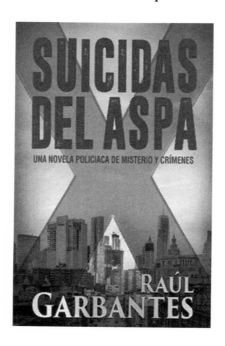

10 a.m., Gotemburgo, Suecia. Un hombre se arroja por un precipicio con su auto, perdiendo así la vida. El suceso conmociona a toda la ciudad y atrae la atención de periodistas y grandes medios de comunicación.

Todas las evidencias indican que fue un suicidio, sin embargo, este es ya el tercero en menos de dos meses y comparte ciertas características con los anteriores: hombres de mediana edad pertenecientes a la élite poderosa de la ciudad que se suicidan a las 10 a.m. ¿Simple casualidad?

El único que se atreve a cuestionar la hipótesis del suicidio es el intrépido sargento Josef Lund, quien sostiene que existe una relación entre estas tres muertes, aparentemente vinculadas a una organización criminal secreta.

Lund tendrá que lidiar con el escepticismo de su jefe, el inspector Viktor Ström, e investigar en profundidad cada caso para poder descubrir lo que realmente se oculta detrás de estos episodios. El tiempo corre en su contra y deberá actuar rápidamente antes de que ocurra un nuevo crimen.

Disponible en Amazon – Adquiérela AQUÍ
http://geni.us/yeMGUqx

Conspiración Marcial (Serie de suspenso y misterio del detective Nathan Jericho n° 1)

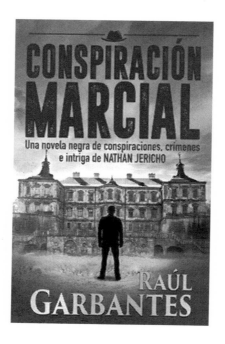

Illinois, 1968. El detective privado Nathan Jericho, hombre muy inteligente, un tanto anticuado y de mal carácter, es contratado para investigar un misterioso caso relacionado a la existencia de un proyecto conspirativo, nacido en tiempos de la Segunda Guerra Mundial.

Al adentrarse en la investigación, Jericho hace un descubrimiento que cambiará su vida por completo: el proyecto tiene una estrecha conexión con su historia personal y su pasado como huérfano.

Este caso llevará a nuestro detective por un peligroso laberinto de intrigas y secretos, en el que están involucrados grandes intereses y poderosos personajes. Pero para Jericho será mucho más que un desafío profesional, tendrá que enfrentarse a los fantasmas de su propio pasado y encontrar respuestas a las preguntas que lo han atormentado durante toda la vida: ¿Por qué lo abandonaron en un orfanato? ¿Qué significa el tatuaje Jericho grabado en su piel? ¿Por qué esta conspiración es denominada Proyecto Jericho?

Cacería Implacable (Serie de suspenso y misterio del detective Nathan Jericho nº 2)

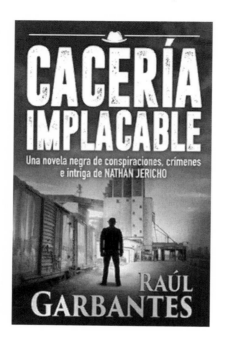

Después de sobrevivir a una explosión que le costó la vida a su jefe y compañero, el detective Nathan Jericho deberá continuar solo la investigación en torno al Proyecto Jericho, una conspiración gestada durante la Segunda Guerra Mundial, que buscaba crear armas humanas.

Jericho descubre que fue víctima de este plan macabro durante su infancia, pero no puede recordar los detalles del pasado. Para complicar aún más el caso, las personas poderosas que están detrás del proyecto le tienden una trampa y logran que la policía lo persiga por asesinatos que no cometió.

Solo y prófugo de la ley, nuestro detective tendrá que utilizar todo su ingenio para seguir adelante con la investigación más importante de su trayectoria profesional, y sin duda, la más significativa a nivel personal. Resolver este caso es un deber que

Jericho tiene con el mundo y consigo mismo.

Disponible en Amazon – Adquiérela AQUÍ
http://geni.us/khR3

Legado Corrupto (Serie de suspenso y misterio del detective Nathan Jericho nº 3)

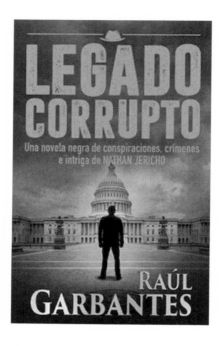

Tras la elección de Richard Nixon como presidente de los Estados Unidos, sus partidarios comienzan a elucubrar un plan para reactivar el antiguo Proyecto Jericho, creado durante la Segunda Guerra Mundial con el propósito de formar un ejército de supersoldados, utilizando niños como sujetos de prueba.

Ante esta tentativa, el detective Nathan Jericho y sus compañeros Damascus y Anezka, se unen a un grupo llamado Los Conspiradores, que trabaja para acabar con el mandato del presidente Nixon y evitar que aquel oscuro plan prospere.

A medida que la misión se desarrolla, Jericho y Damascus, quienes fueron víctimas del Proyecto Jericho, van dejando atrás viejas disputas del pasado y fortalecen su vínculo, dispuestos a poner fin definitivo al horror que marcó su infancia y la de muchos niños.

Las cartas están sobre la mesa y las consecuencias de una mala jugada pueden ser catastróficas. Cualquier paso en falso pondrá en peligro la seguridad del mundo entero.

Disponible en Amazon – Adquiérela AQUÍ
http://geni.us/nSMQXO

La Última Bala

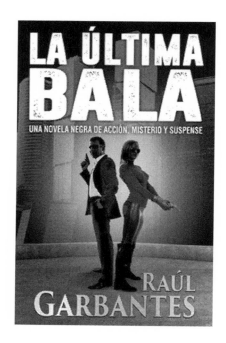

Una serie de misteriosos asesinatos alteran la tranquilidad de todos los habitantes de Seattle. Al parecer, los crímenes poseen características en común y las víctimas no son elegidas azarosamente, hay historias que las unen.

Este caso le será sin duda asignado a Olivert Crane, el detective más reconocido de Seattle.

¿Quién es el artífice de este plan siniestro? ¿Cuáles son sus razones para matar? ¿Qué demonios habitan el alma de un asesino?

Con una larga lista de sospechosos y pocas pistas contundentes, Oliver tendrá que llevar a cabo una exhaustiva investigación y descubrir la identidad de un criminal que recurrirá a los métodos más extraños para no ser atrapado.

Disponible en Amazon – Adquiérela AQUÍ

http://geni.us/iU6AEq

El Silencio de Lucía

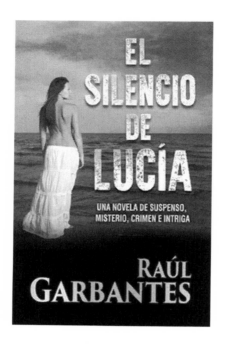

Tras una fuerte pelea con Darío, Lucía comienza a replantearse el rumbo de su vida y decide regresar a la isla en la que nació.

Su estadía allí transcurre entre recuerdos, dudas y reflexiones. Las preguntas existenciales que la han acompañado siempre, volverán a su mente y la obligarán a buscar nuevas respuestas, a enfrentarse a viejos fantasmas del pasado y a romper al fin el silencio.

¿Es posible vivir en la desesperación y no desear la muerte?

Esta novela de Raúl Garbantes nos introduce en un universo introspectivo, a través de historias y personajes que indagan sobre el deseo, el sufrimiento y la vida del hombre.

Disponible en Amazon – Adquiérela AQUÍ
http://geni.us/2rFQ4e

El Palacio de la Inocencia

En medio de una noche llena de pesadillas, Diana recibe una llamada que cambiará su vida por completo. Su hermana, Bárbara, y su pequeño sobrino, Leo, han sido brutalmente asesinados, mientras que Mina, su sobrina de cinco años, fue aparentemente secuestrada por el asesino.

Tras estos terribles episodios, Diana y Justo, el jefe del Departamento de Homicidios, comienzan una exhaustiva investigación para poder encontrar a Mina y revelar la identidad del culpable.

En un principio, la policía no logra descubrir demasiadas pistas y la búsqueda se complica aún más por la falta de información sobre Bárbara, quien llevaba una vida llena de misterios y secretos.

El teléfono suena nuevamente. Una extraña voz deja un mensaje encriptado en un acertijo. En una carrera contra reloj,

Diana deberá descifrar el enigma para poder hallar a su sobrina y desenmascarar al asesino.

Disponible en Amazon – Adquiérela AQUÍ
http://geni.us/4yn0bvq

Resplandor en el Bosque

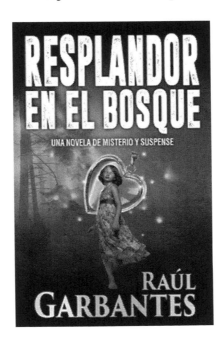

La pequeña Sarah y su padre viajan en auto de regreso a casa. En el trayecto, pasan por el sombrío bosque en el que su madre desapareció hace cinco años. De repente, una sensación escalofriante recorre el cuerpo de la niña. Al mismo tiempo un venado cruza por la carretera, provocando un accidente en el que Sarah sale bruscamente despedida hacia el bosque.

Tras abrir los ojos, la pequeña toma consciencia de que se halla inmersa en una de sus peores pesadillas: está perdida en el mismo bosque que se tragó a su madre.

¿Sera esto causa del destino? ¿Podrá Sarah sortear el temor que la invade y salir ilesa de este horrible suceso? ¿Guardará este hecho alguna relación con la extraña desaparición de su madre?

El autor Raúl Garbantes nos sorprende nuevamente con una alucinante trama, rodeada de misterio y suspense.

Pesadilla en el Hospital General

Julián Torres es un joven médico que trabaja en la guardia nocturna de un hospital de la capital, ciudad viciada por el crimen y la ilegalidad. Su vida da un giro radical cuando un extraño paciente llega a la sala de emergencias.

El hombre presenta golpes y heridas por todo el cuerpo pero, tras realizar los exámenes pertinentes, los médicos afirman que no hay graves problemas internos. Julián le comunica los resultados al paciente para tranquilizarlo pero éste le asegura con firmeza que igual va a morir. Luego, le pide que tome una fotografía del extraño tatuaje que lleva en el brazo y le entrega una cadena que cuelga de su cuello.

Al cabo de unos minutos, el hombre muere repentinamente, a causa de un supuesto paro cardíaco. Julián, pasmado por la noticia, recuerda sus últimas palabras: "Esta ciudad tiene la culpa. Toda esta ciudad es cómplice. Está sucia. Usted parece un tipo inteligente, sabrá donde usar la llave".

Para averiguar las reales causas de su muerte, Julián deberá adentrarse en asuntos que van mucho más allá de su profesión, e investigar a fondo la red criminal que atraviesa la ciudad.

Disponible en Amazon – Adquiérela AQUÍ

http://geni.us/FrVy

Mirada Obsesiva

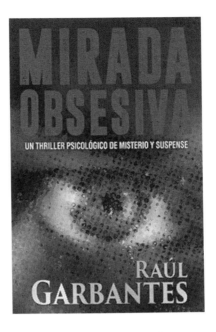

Valeria Gómez es una mujer joven y exitosa que lleva una vida ordenada y metódica. La mueve un fuerte afán de controlar todo cuanto está a su alrededor, sin dejar nada al azar. Sus días transcurren entre el trabajo, su apartamento minimalista y el cuidado de sus plantas.

No obstante, de un momento a otro, su vida deviene en un caos: alguien comienza a observarla y a acosarla incesantemente. El acosador parece estar obsesionado con las miradas, y no para de dejarle a Valeria extraños dibujos de unos ojos.

¿Quién es este sujeto? ¿Con qué fin la atormenta?

El miedo y la angustia llevarán a Valeria a los lugares más oscuros de su mente. Descubrirlo será crucial para no terminar perdida en el abismo de la locura.

Disponible en Amazon – Adquiérela AQUÍ
http://geni.us/DhAwFi

El Asesino del Lago (Misterios de Blue Lake parte 1)

La familia Peterson tiene una vida aparentemente tranquila y feliz en un bello departamento con vista al lago, en una zona residencial de la ciudad. Pero este estado de calma se ve alterado cuando su vecino de enfrente es misteriosamente asesinado.

Tras este episodio, Gloria, la viuda de la víctima, queda viviendo sola y pierde completamente la cordura. Al poco tiempo, su hermana decide mudarse allí con su marido, quien es policía e investigará el caso de "El asesino del lago".

Las dos familias vecinas, los Petersons y los Clarks, comenzarán a acercarse y a hacerse amigos, pretendiendo restablecer la calma y volver a la normalidad. Pero en Blue Lake, la paz y la felicidad parecen ser más una fachada que una auténtica realidad.

Después de aquella trágica muerte, se desencadenarán una serie de acontecimientos extraños alrededor de los miembros de estas familias, que no dejarán de intranquilizarlos hasta que se descubra la identidad del asesino.

Disponible en Amazon – Adquiérela AQUÍ
http://geni.us/mlmXjO

El Misterio del Lago (Misterios de Blue Lake parte 2)

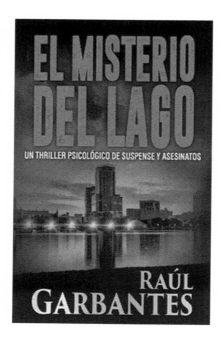

Después de recibir la fatal noticia del asesinato de su mejor amigo, el detective Paul Riviera decide regresar a su ciudad natal para investigar el caso y desenmascarar al famoso "Asesino del lago".

Con la ayuda de sus compañeros del departamento de homicidios, Paul se adentra en una búsqueda incesante por caminos confusos y misteriosos, llenos de pistas falsas y callejones sin salida, que muchas veces parecen acabar con las esperanzas de encontrar al verdadero culpable.

Este caso llevará a Paul hacia lugares inesperados. Recorriendo las calles en las que creció, se irá encontrando con viejos fantasmas del pasado y con ciertos secretos reveladores de su infancia, a los que tendrá que hacer frente para poder continuar con la investigación.

Su fortaleza, astucia y la firme convicción de justicia, serán sus mejores aliadas para descubrir la identidad del asesino.

Disponible en Amazon – Adquiérela AQUÍ
http://geni.us/MCVwl

Los Secretos de Blue Lake: dos novelas de asesinatos, crímenes y misterios

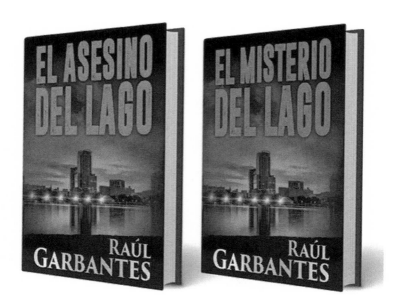

En esta colección encontrarás dos novelas de asesinatos crímenes y misterios que te harán estremecer: El Asesino del Lago y El Misterio del Lago.

Disponible en Amazon – Adquiérela AQUÍ

http://geni.us/eIxlRh

Investigador Privado Nathan Jericho: Tres libros de misterio, intriga y conspiraciones

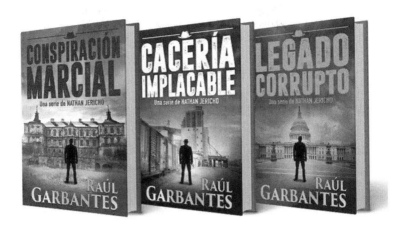

Esta colección contiene las tres novelas de la serie Nathan Jericho: Conspiración Marcial, Cacería Implacable y Legado Corrupto.

Disponible en Amazon – Adquiérela AQUÍ
http://geni.us/T3Jdy

Colección Completa de Misterio y Suspense (8 novelas)

Una colección completa con ocho de las mejores novelas de misterio y suspense de Raúl Garbantes.

Disponible en Amazon – Adquiérela AQUÍ
http://geni.us/FX7kEn

Colección Dorada de Misterio y Suspense (10 novelas)

Diez de las mejores novelas de Raúl Garbantes en una sola colección

Disponible en Amazon – Adquiérela AQUÍ
http://geni.us/sPctK

Sombra Infernal

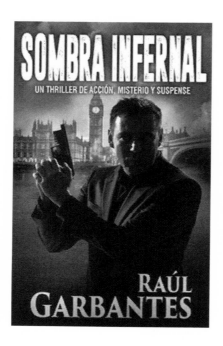

El sonido de la hélice de un helicóptero perturba la tranquilidad de la noche. Las balas de una ametralladora atraviesan el cristal de una ventana, destrozando todo a su paso. El sicario Thomas Tanner se levanta del suelo y ve con espanto el cuerpo acribillado de su novia.

Rápidamente, Tanner abandona la habitación, lleno de rabia y de dolor, tratando de imaginar quién o quiénes podrían estar detrás de este brutal episodio y por qué habrían querido matarlo. Un nombre viene a su mente: La Sombra, un mítico asesino sin rostro, que mata por motivos más oscuros de los que cualquiera puede imaginarse.

Antes de aniquilarlo, La Sombra intentará debilitarlo mental y moralmente. Para sobrevivir, Tanner tendrá que analizar sus extraños métodos y jugar su propio juego. El duelo es a muerte y cualquier paso en falso podría arrastrarlo hacia el infierno mismo.

Disponible en Amazon – Adquiérela AQUÍ
http://geni.us/QCxJnvM

Detonación Inminente

Una llamada desesperada advierte a la Policía Metropolitana de Londres sobre sobre la pronta explosión de una bomba.

El aviso proviene de una profesora de escuela que realiza tareas humanitarias en la prisión de Woodhill. Uno de los presos con los que ella trabaja se atribuye la autoría del plan: Leonard Matheson, un psicópata con un complicado pasado militar, que está recluido en el pabellón de enfermos mentales.

¿Dónde tiene Matheson escondida la bomba? ¿Quiénes son sus cómplices? ¿Qué objetivos se ocultan detrás de este plan?

El agente secreto Ernest Harris y su compañera Lynn, deberán resolver estos interrogantes y actuar rápidamente para rastrear el paradero de la bomba y desactivarla antes de que el tiempo se agote.

Cada minuto que pasa aumenta la tensión en esta fabulosa novela de Raúl Garbantes, que nos atrapa en una trama llena de intrigas, misterio y suspenso.

Disponible en Amazon – Adquiérela AQUÍ
http://geni.us/vEeR

El Ausente

Cansada de la falta de compañerismo de sus colegas en el trabajo y afectada por una dolorosa ruptura de pareja, Lydia Chen, terapeuta para personas con necesidades especiales, deja su puesto en la Universidad de Emory y decide mudarse a las afueras de Savannah, un pequeño poblado en el sur de los Estados Unidos.

Al llegar al pueblo, es invitada por las autoridades a colaborar en el extraño caso de Stanley, un joven autista que regresa a casa de sus padres después de haber estado desaparecido durante una década.

Lydia, con la ayuda del detective David Wilson, deberá adentrarse en el misterioso mundo de Stanley, tratando de descifrar todas las señales para reconstruir así la historia de los pasados diez años.

¿Cuáles fueron los motivos por los que desapareció Stanley?

¿Qué ocurrió realmente durante su ausencia? ¿Tienen sus padres algo que ver con todo lo sucedido?

A medida que la investigación avanza, Lydia descubrirá que la historia esconde muchos más secretos de los que cualquiera podría haber imaginado.

Disponible en Amazon – Adquiérela AQUÍ

http://geni.us/qjkLio3

Tiroteo

Seward es un pequeño y apacible pueblo donde todos se conocen y la tranquilidad reina en las calles, pero una trágica noticia cambia el rumbo de las cosas: Mason, el hijo de la familia Powell, muere en un tiroteo con la policía. Para sorpresa de la gente, a nadie se le permite recoger el cadáver, ni entrar en la zona del incidente.

Annie Peterson, una reportera joven y ambiciosa, decide investigar el caso con el objetivo de lograr reconocimiento en todo el país, y se propone utilizar todos los métodos que sean necesarios para resolverlo antes que el resto.

En el proceso de su investigación, rodeada de secretos y misterios, Annie notará que el asunto es mucho más peligroso de lo que sospechaba y que Seward no es el pueblo tranquilo que muchos pretendían hacerle creer.

Disponible en Amazon – Adquiérela AQUÍ
http://geni.us/IiEy

Atentado en Manhattan

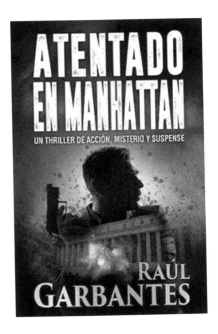

El teléfono suena y nadie contesta. Phillip yace tendido en el sofá, borracho como siempre desde que regresó de combatir en Irak. Las noticias en la TV anuncian la alarma en la ciudad de Manhattan: una explosión hizo volar por los aires al emblemático edificio postal James A. Farley.

La información no es clara, sin embargo, Phillip ve el fuego que aún no se extingue en la diminuta pantalla de la TV. Luchando con la resaca, él se da cuenta de todo: Atrapada entre los escombros, llena de heridas, se encuentra Lillian, su mujer embarazada, quien había ido al correo con los papeles que él había olvidado llevar.

Este suceso no sólo cambiará por completo la vida de Phillip, abrirá además, una herida profunda en la ciudad de Nueva York.

Disponible en Amazon – Adquiérela AQUÍ
http://geni.us/OuABxb

El rapto de Daniel Evans

Vancouver, Canada. George Devon es un detective obsesionado con resolver casos asociados a desapariciones de niños o maltrato infantil. Su nueva asignación es la denuncia por el secuestro de un bebé. Las dos denunciantes son dos hermanas con características diametralmente opuestas. Diana Evans es la madre del niño y está muy enferma. Sheila Roberts es la tía y fue la última persona que vio el niño antes de que desapareciera.

Este nuevo caso confronta a Devon con los demonios de su pasado como huérfano cuando fue un niño vendido por sus padres drogadictos. Debido a su propia experiencia, el detective comienza a tener sus propias sospechas al margen de los testimonios oficiales y comienza a imaginar la posibilidad de que alguien no está diciendo toda la verdad. Un drama detectivesco con secretos familiares en donde la belleza de Vancouver se ve ensombrecida por la delincuencia de los bajos fondos.

Alexis Carter, una terapeuta que reside en la ciudad de Topeka, Kansas, está aburrida de su trabajo. Siente que necesita más acción en su vida, así que decide entrar a trabajar como perfiladora criminal en la policía de la ciudad.

Lo que Alexis no sabe, es que justo en ese momento, un asesino serial de niños está aterrorizando la ciudad.

¿Será Alexis la encargada de descubrir al criminal? ¿Podrá resolver los espantosos crímenes que la ciudad ha visto en años? Tal vez. Pero, para hacerlo, ella pondrá muchas cosas en juego. Incluso su propia vida.

Juegos Mortales

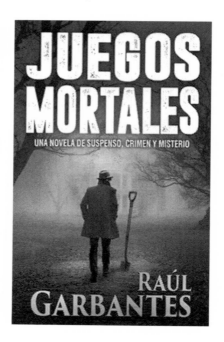

Charles Denver ha comprado la mansión Hunting Downs, una emblemática residencia ubicada en el pueblo inglés de Ambercot. Charles se la pasa encerrado en su estudio, leyendo sus libros y tratando de escribir uno propio. Eso cuando no se dedica a pasar el tiempo con su prometida: Louise Default.

Es justamente Louise quien convence a Charles de abrir su mansión a los habitantes del pueblo, y ofrecer una fiesta. Esto coincide con dos envíos postales de procedencia dudosa: una carta inquietante que recibe Charles, y un equívoco folleto que recibe Louise. El folleto habla de «La búsqueda del tesoro», un juego en apariencia inocente. La carta habla de unos «restos del pasado» ocultos en Hunting Downs.

Al momento de celebrar la fiesta, la tragedia golpeará las puertas de la casa. Y las supuestas casualidades y errores empezarán a revelarse como lo que realmente son: oscuras manipulaciones, pasadizos que llevarán a los investigadores del caso a un pasado cruel y tortuoso.

Como todo pueblo, Ambercot tiene sus secretos y sus miserias. En lo más recóndito de Hunting Downs, el pasado estás más vivo que nunca, y se abre paso a través de los años y del olvido.

32612458R00163

Made in the USA
Middletown, DE
05 January 2019